GeröllhaldenGeschichten

Mario Egloff

Geröllhalden

Geschichten

Band 1

Bibliografische Information der Deutschen Nationalbibliothek:
Die Deutsche Nationalbibliothek verzeichnet diese Publikation
in der Deutschen Nationalbibliografie; detaillierte bibliografische
Daten sind im Internet über http://dnb.dnb.de abrufbar.

© 2014 Mario Egloff
Satz, Umschlaggestaltung, Herstellung und Verlag:
BoD – Books on Demand

ISBN: 978-3-7357-0404-7

Kontakt zum Autor: geroellhalden@bluewin.ch
www.geroellhalden.ch

Inhalt

Vorwort   7

01   9
    Vroni auf dem Miststock

02   18
    Es schneit draussen!

03   26
    Liebeskummer in Gröllmatt

04   39
    Der Untergang von Obergebirgen

05   67
    Verwandtschaftschaos

06   73
    Ueli und seine Freunde

07   88
    Brett sei mit dir

08   112
    Alpentoni Superstar

09   160
    Edeltraut, die lustige Wirtin

Vorwort

Es regnet schon den ganzen Morgen Bindfäden draussen. Hier, in meinen Gebirgsferien. Da, wo die Geröllhalden Geschichten erzählen können. Wolkenfetzen hängen über dem Tal so tief, dass das Geld feucht wird im Geldbeutel. Ich sitze in gleichgültiger Stimmung im klammen Hotelzimmer und schaue zum Fenster hinaus auf die verregnete Gebirgslandschaft. Dabei überlege ich träge, was ich machen würde, wenn ich Lust hätte, etwas zu machen.

Mein Blick schweift gelangweilt über die Geröllhalden, auf denen allerlei Gebüsch und vereinzelt Gebirgsföhren wachsen, und über die darüber in den Himmel ragenden, mächtigen, schroffen Felswände auf der gegenüberliegenden Talseite.

Ich bin schon eine längere Weile in Gedanken versunken, als ich plötzlich nicht wenig irritiert bemerke, dass die Geröllhaldensteine und die Geröllhaldenfelsbrocken vis-à-vis erst murmelnd und dann laut und deutlich mit mir zu sprechen beginnen. Ich höre sie reden, als ob sie bei mir im Zimmer wären. Sie erzählen mir Geschichten. Es sind Geschichten von unbeschreiblich ergreifendem Liebeskummer mit Herz- und Seelenschmerz, Geschichten voller Gebirgsdramatik, Mord und Totschlag, Boshaftigkeiten und Intrigen, aber auch Geschichten von Aberglaube und Sektenwesen, ja gar von Blutschande. Inzucht war ja in früheren Zeiten in königlichen Königshäusern an der Tagesordnung, bis das Blut blau wurde. Diese Geschichten aber stammen nicht aus Königshäusern, sondern aus der abgeschiedenen Abgeschiedenheit des Gebirgslebens, und sie sind nicht ganz so hübsch und artig wie das ach so heile Alpenland, das in der Musik besungen wird.

Sicher will mir partout niemand glauben, dass mir diese

haarsträubenden Geschichten von den vermeintlich leblosen Geröllhaldensteinen und Geröllhaldenfelsbrocken erzählt worden sind. Obwohl dies klipp und klar der vollen, der ganzen Wahrheit entspricht. Zur Beruhigung der Zweifler und um weitläufigen Diskussionen zur Frage «Können Steine sprechen?» von Beginn weg aus dem Weg zu gehen, sage ich hier einfach kurz und bündig: Alle Geschichten beruhen auf wahrlich und wahrhaftig gänzlich frei erfundenen Tatsachen.

Allfällige Ähnlichkeiten mit realen Personen oder Geschehnissen sind rein zufällig. Warum die Hauptpersonen mehrerer Geschichten Vroni und Toni heissen, weiss ich auch nicht. Das muss wohl einfach ein zufälliger Zufall sein.

Ich bezeuge hiermit mit meinem Ehrenwort, dass ich beim Notieren dieser Geröllhaldengeschichten keine getrockneten Gebirgsrauschpilze geraucht habe. Allerhöchstens habe ich ab und zu ein aus Enzianwurzeln gebranntes Gebirgswasser die Kehle hinuntergeschüttet. Aber wirklich nur ab und zu. Ansonsten wiederhole ich: Ich habe bloss die Geschichten notiert, die mir die Geröllhalden erzählt haben.

Und überhaupt, denken Sie, was Sie wollen.

01

Vroni auf dem Miststock

Es war an einem schönen Frühlingstag auf der Alpenweide Obermatten. Die Vöglein hatten die Winterruhe hinter sich gelassen und sangen frisch und munter vor sich hin. Das quirlige Gebirgsbächlein, das sich durch die Alpenwiese schlängelte, säuselte und gurgelte. Ein wirbliges Weidewindlein blies droben auf dem Obermattenberge und verbreitete den Duft von reiner Frühlingsfrische.

Vor der Obermatter-Alphütte stand die hübsche Vroni auf dem Miststock, hielt sich an der im frischen Kuhmist steckenden Mistgabel fest und krähte dem gerade mit seinem Motorfahrrad im Karacho davonrasenden Briefträger Toni hintennach:

«Toooni, ich liebe dich!»

«… didididi …», hallte das Echo von den Berghängen.

Toni, sich auf dem dröhnenden Motorfahrrad umdrehend, brüllte zu Vroni hinauf:

«Vrooomi, ich liebe dich auch!»

«… auauauau …»

Vor lauter Verzauberung vergass der liebe Toni total, den Kopf wieder in Fahrtrichtung zu drehen. Und so sah er die Rechtskurve auf dem steinigen Gebirgsweg nicht kommen, raste darüber hinaus und segelte in hohem Bogen über das sich mehrmals überschlagende Töffli hinweg ins gerade spriessende Gebüsch.

Seine Posttasche flog ebenfalls durch die Luft, öffnete und entleerte sich dabei, und der böige Gebirgsweidewind verwehte all die Zeitungen, heissen Schatz- und anderen Liebesbriefe, Feriengrüsse, Rechnungen, Mahnungen aller Art, Gerichtsvorladungen, Versandhauskataloge sowie eine

Unmenge von unnützen Prospekten, die Toni den jeweiligen Empfängern noch hätte zustellen sollen, in alle Himmelsrichtungen. Ein beträchtlicher Teil flatterte flugs in die glattweg unzugängliche, überaus stotzige Sonnenuntergangsschlucht hinunter. Nur gerade eine Buchsendung, ein paar Versandhauskataloge und einige Briefe blieben präzis vor Tonis Nase und im näheren Umfeld liegen. Er kramte zusammen, was es an Sendungen noch zu finden gab, um wenigstens diese ihren Adressaten zuzustellen. Aber sonst? Oh weh! Ein grosser Teil der Postsendungen war verloren.

Postmeister Haldermatten ärgerte sich mächtig, als er von Tonis Ungeschick hörte. Toni hatte ihm von seinem Malheur erzählt, war aber dabei nur mit der halben Wahrheit rausgerückt. Es sei ihm ein trächtiges Murmeltier vor das Töffli gesprungen, sagte er, und beim Ausweichen habe es ihm den Lenker verschlagen, worauf er hochkant über die Wiese ins Gebüsch geflogen sei.

«Du bist aber auch ein unglaublicher Nussensammler!», tobte Haldermatten. «Was machen wir jetzt mit den unzähligen Sendungen, die der Gebirgsweidewind auf Nimmerwiedersehen in die Sonnenuntergangsschlucht hinuntergeblasen hat? Nichts können wir machen, du unverbesserlicher Nichtsnutz, du Ausbund von Einfältigkeit. Die bleiben für immer da unten, vergammeln und verrotten!»

Dazu fluchte der fette, im Unterhemd und blauen Latzhosen breit auf seinem Stuhl sitzende Haldermatten wie ein Berserker. Durch seinen Tobsuchtsanfall erhitzt, verstärkte sich seine ohnehin schon beträchtliche Schweissabsonderung. Im Postbüro machte sich ein strenger Geruch breit, ähnlich dem, den man von Nashornkäfigen her kennt.

Genau genommen waren ihm die nicht mehr auffindbaren Postsendungen egal. Aber der Toni kam ihm gerade recht, um sich seine Wut zum Bauch rauskotzen zu können.

Seine ihm vor vielen Jahren Angetraute hatte ihm nämlich am selben Morgen wieder einmal tüchtig die Leviten gelesen, als sie ihn in flagranti beim angeregten Studium eines abgegriffenen, lausigen Pornoheftchens erwischte. Einen schmierigen Schmutzfinken und einen lächerlichen Vizeschwanz hatte sie ihn keifend geschimpft.

Toni nützte allerdings die Erkenntnis wenig, dass sein Kopf einmal mehr als Blitzableiter für die üble Schelte, die der Haldermatten von seiner giftigen Gemahlin verpasst bekommen hatte, hinhalten musste. Und nicht nur das. Der bedauernswerte Toni wurde auch noch umgehend strafversetzt, weit weg von zuhause – nach Gündishausen am anderen Ende unseres schönen Landes.

Vroni machte das unbeschreiblich traurig. Jeden Morgen, wenn sie auf den Obermatten droben auf dem Miststock stand, schaute sie sehnsüchtig ins Tal hinunter. Mit nassen Augen sinnierte sie einsam und verlassen vor sich hin:

«Was macht jetzt wohl der Toni, mein armer Toni, bei all den fremden Leuten so weit weg?»

Ein heisser Sommer schritt durchs Tal, mit ihm auch viele holländische Touristen sowie ein paar aufgeweckte, immer überaus freundliche Wanderer aus dem voll geilen Kanton Aargau in der Schweiz. Der Sommer war beinahe vorbeigeschritten, als an einem prächtigen Gebirgswandertag – Vroni stand gerade wieder auf dem Miststock – ein edler Herr hoch zu Ross droben auf den Obermatten an der Alphütte vorüberritt. Der Reiter erblickte Vroni und war sogleich ergriffen von dem so heimatlichen Anblick: Vroni vor der Alphütte auf dem schön regelmässig geschichteten Miststock stehend, daneben ein kleines Ziegengehege mit drei putzigen, neugierig guckenden Gebirgsziegen, dahinter die imposante Gebirgsformation, alles untermalt vom

Glockengebimmel der zwölf frisch gestriegelten Kühe auf der nahen Weide. Eine wahrlich wahrhaftig herrliche Alpenidylle.

«Brrrrr», bat der edle Herr, der einen grünen, filzigen Jägerhut mit einer schmucken Fasanenfeder aufhatte, seine prächtige Schimmelstute Lotti auf Stand-by zu gehen. Lotti tänzelte noch eine Weile geziert an Ort. Als sie dann, kurz noch zünftig schnaubend und ihre üppige, dunkelbraune Mähne schüttelnd, endlich stillstand, sprach der edle Herr zu Vroni:

«Ja schau an, oh hübsche Gebirgsfrau, hast du einen tollen, dicken Bauch. Hat man dir einen Kuchen ins Ofenrohr gesetzt?»

«Ja, oh fremder Herr, ich bin bereits im sechsten Monat schwanger, ganz alleinzig und verlassen. Der Briefträger Toni hat mich geschwängert. Wir sind Waisenkinder.»

«Ja schau an, holde Maid, tut dich der Briefträger Toni denn nicht heiraten?»

«Nein, oh fremder, hübscher Mann, Toni darf mich nicht heiraten. Toni ist mein Bruder! Und weil er eine Menge Postsachen über Weide, Wald und Wasser fliegen liess, als er mit seinem Motorfahrrad ins Gebüsch segelte, wurde er strafversetzt. Weit weg von zuhause, ganz zuäusserst ans andere Ende des schweizerischen Landes. Nach Gündishausen musste er ziehen», gab Vroni, immer mehr ins Stocken geratend, von sich.

Dabei wurde sie sich ihres Elends wieder voll bewusst, und grosse Tränen rollten über ihre Backen.

«Ja schau mal so etwas, du erzählst Geschichten! Sag mir, apartes Gebirgsfräulein, tätest du vielleicht mich heiraten? Ich heisse Kudibert von und zu Stunzinger und bin ein verkleideter, österreichischer Grafenprinz mit einer Menge Moneten, drei Schlossgütern, grossen Wäldereien, sieben Mägden, zwölf Knechten, fünf stattlichen Miststöcken und viel gesundem Hornvieh im Stall. Sag, oh holdes Maderl, du ungemein bezauberndes und entzückendes Wesen, würdest du vielleicht mich heiraten?»

Perplex stand Vroni da, ungläubig und mit offenem Mund. Dann sank sie, mit den Händen an der im frischen Mist steckenden Gabel hinuntergleitend, in die Knie, sah mit aufgerissenen Augen zum holden Rittersmann hinauf und stammelte schluchzend und zitternd:

«Oh ja, Herr Prinz, oh ja, oh ja!»

So tat man im Dorf Obergämsen drunten schnurstracks eine opulente Hochzeitsfeier organisieren. Am Tag der Hochzeit tobten die Kirchglocken, bis der Kirchturm wackelte.

Vroni wurde mit einem langen, weissen Schleier vor den Altar geschleppt. Um die bereits erhebliche bäuchliche Wölbung unter ihrem Hochzeitskleid ein wenig zu verdecken, trug sie einen üppigen Strauss geschützter Alpenblumen mit sich, frühmorgens frisch gepflückt.

Bei der Trauung bedachte der Herr Pfarrer den Prinzen Kudibert mit strafendem Blick und sprach ihn dann, halb fragend, halb massregelnd, an:

«Schämen Sie sich denn überhaupt nicht, edler Prinz, Ihre zukünftige Gemahlin bereits vor der allmächtig gesegneten, kirchlichen Eheschliessung geschwängert zu haben und hier mit einem dicken Bauch den hämischen Blicken aller Leute auszusetzen? Und sowieso sehen wir nicht besonders gerne, wenn sich so ein Wildfremder, ein vom ausländischen Ausland hergelaufener Ausländer in unsere traditionelle Sippenzucht einheiratet!»

«Ja schauen'S, Herr Hochwürden, oh Grundgütiger, nicht ich habe der Vroni einen Braten in den Ofen gesetzt, nein, Hochwürden! Dahinter steckt der Erzengel Toni.»

Der Herr Pfarrer, sehr angetan von dieser überraschenden, aber einleuchtenden Erklärung, bekreuzigte sich, segnete die Brautleute und hauchte gegen den Himmel:

«Hört, hört, meine lieben, begnadeten Gebirgsschnucken, ja meine gesamte, gläubige und gottesfürchtige Schafsherde: Der Allmächtige hat ein grosses Wunder geschehen lassen! Unserem Vroni ist wahrlich der wahrhaftige Erzengel Toni erschienen.»

Nach der kirchlichen Trauung wurde in der örtlichen Speisewirtschaft ausgiebig gegessen und zünftig gesoffen. Der Tag verging, Hochzeitsgäste lallten, einige schnarchten an oder auch unter den Tischen, zwei kotzten auf dem Platz vor dem Wirtshaus in den Dorfbrunnen. Nur Prinz Kudibert und Vroni waren noch einigermassen nüchtern und schauten einander, gesittet und manierlich am Tisch sitzend, verträumt in die Augen und hielten Händchen. Dabei gelobten sie einander immer wieder:

«Oh mein Vroni, ich liebe dich für immer und ewig.»

«Oh mein Prinz Kudibert, ich liebe dich auch.»

Im Westen sank die Sonne am Horizont in eine Schlucht hinunter.

***

Toni durchlebte enorme Schwierigkeiten, bis er sich an seinem neuen Arbeitsplatz halbwegs heimisch fühlte. Man hatte ihn nach Gündishausen am Bodensee versetzt. Dort übertrug man ihm das Austragen von Postpaketen. Denn in seiner Mitarbeiterbewertung stand geschrieben, Toni sei für das Verteilen von Briefpost und Prospekten ganz und gar nicht geeignet.

Bereits ab dem ersten Tag in der Fremde wurde er Stammgast im Speiserestaurant «Kreuz». Das «Kreuz» war weiterum bekannt für seine gutbürgerliche Küche und reellen Weine. Speziell das Cordon Bleu, so gross wie ein Töffsattel, serviert mit einer überreichlichen Portion Pommes frites, war ein Renner und lockte Leute von weit her ins «Kreuz».

Allein an einem Tisch sitzend füllte sich Toni allabendlich die Lampe mit allerlei alkoholischen Getränken. Beachtliche Mengen schüttete er Abend für Abend in seinen Kopf hinein. Er versuchte dabei voller Verzweiflung sein unsägliches Heimweh und seine unbeschreibliche Sehnsucht nach Vroni zu vergessen. Mehrmals hatte Toni versucht, seinem Vroni einen Brief zu schreiben. Aber weiter als «Oh geliebtes Vroni» war er nie gekommen. Es fehlten ihm die Worte. Nur einmal schrieb er ihr eine Karte:

Liebes Vroni
sitze hier
bei einem Bier
und denk' nur an Dir
Dein Toni

Je später der Abend jeweils wurde, und je besoffener der Toni war, desto trauriger, ja verzweifelter wurde er. Nichts von Vergessen, im Gegenteil, bis zur Polizeistunde gereichte es ihm jeweils zu einem währschaften, volltrunkenen Elend.

Wenn ihm in diesen Momenten die Kellnerin Käthi auf die Schulter klopfte, um ihn auf die fortgeschrittene Stunde aufmerksam zu machen, verfiel Toni aufgelöst in ein lautes Wehklagen:

«Oohohohooo, Toni ha Heimweh, Toni ha soohohohooo Heimweh, nieman lieb Toni, oohohohooo, ich ill nach Haue, ohohohooo, ich ill nich meh leben oohohohooo ...!»

Käthi ging das immer sehr ans Herz, und viele Male,

besonders wenn sie sich ebenfalls gerade einsam fühlte, füllten sich ihre Augen unverhofft mit Tränen.

Morgens von neun Uhr bis am Mittag arbeitete Käthi jeweils am Kassenschalter der Sparkasse Bodensee in Gündishausen. Die magere Entlohnung für diese Teilzeitarbeit reichte trotz Bonus aber nicht weit, auch wenn Käthi ein bescheidenes Leben führte. Also verdiente sie sich abends im Speiserestaurant «Kreuz» als flinke Serviceaushilfe ein respektables Zubrot.

Schon als sie Toni zum ersten Mal bedient hatte, hatte sich Käthi zu ihm hingezogen gefühlt. Wenn sie ihn dann so heulen sah, hätte sie jeweils am liebsten selber lauthals losgeplärrt. Sie tat dies aber nur im Versteckten. Bis sie eines Tages endlich ihr Herz in die Hände nahm und sich zu Toni setzte. Sie streichelte ihm sanft über den Kopf:

«Aber Toni, ist doch alles nicht so schlimm. Ich bin auch einsam, alleinzig und verlassen, und ich mag dich, oh lieber Toni.»

Toni begann sogleich lauthals loszuheulen:

«Oohohohooo, is as wahr, Kähi, is as wahr? Oohohohooo, Kähi, ich liebe gich au, ich liebe gich, Kähi, grauenhaf liebe ich gich, oohohohooo.»

Das Eis war gebrochen. Käthi nahm den Toni mit zu sich nach Hause in ihre heimelige Einzimmerwohnung über dem Bahnhofskiosk bei der Station Gündishausen. Da rammelten sich die beiden hemmungslos ihre neu gewonnene Lebensfreude aus dem Leibe.

Nach dieser kräftezehrenden Nacht musste Toni kein Vergessen mehr suchen, er schüttete deshalb weit weniger Alkohol in sich hinein, und Käthi wurde schwanger.

Präzis am gleichen Samstag im Oktober wie in Obergämsen zu Vronis Hochzeit tobten auch in Gündishausen die Kirchglocken, bis der Kirchturm wackelte. Toni und Käthi gaben sich vor einer kleinen Festgemeinde von ein paar

Postkollegen und einigen auserwählten Stammgästen des Speiserestaurants «Kreuz» überglücklich das Ja-Wort. Nach der Trauung standen alle Arbeitskollegen von Toni vor der Kirche Spalier und warfen eine gigantische Anzahl von gebrauchten Postwertzeichen in die Luft. Die vielen herumfliegenden Briefmarken erinnerten Toni insgeheim an die damals vom wirbligen Gebirgsweidewind in alle Himmelsrichtungen verwehten Postsendungen. Jetzt, im Nachhinein betrachtet, hatten sie ihm doch noch zu mächtigem Glück verholfen.

Innerhalb von nicht wenigen Monaten gab es Nachkommen zu feiern. Toni wurde zweimal Vater und zugleich einmal Onkel, seine Schwester Vroni einmal Mutter und einmal Tante. Es herrschten Friede und Freude in Gündishausen am Bodensee wie auch in Obergämsen im Gebirge droben.

Am Abend sank in Obergämsen am Horizont im Westen die Sonne in eine Schlucht hinunter und in Gündishausen in den Bodensee.

02

Es schneit draussen!

Einer sich windenden Schlange gleich verläuft entlang dem südlichen Gebirgshang des Vierspitzmassivs ein ganztägig besonnter, mehrere Kilometer langer, bequem begehbarer Höhenweg. Er verbindet den vorderen Kuhbachspitz mit dem Aussichtspunkt zum Sumpfberg. Mal geht es über Alpwiesen, mal durch Geröllhalden, an einigen Stellen aber auch entlang von mehr oder weniger stark abfallenden Felspartien, die vereinzelt mit allerlei hübschem Gebüsch, knorrigen Gebirgsföhren und Lärchen bewachsen sind.

Von der gegenüberliegenden Talseite her gesehen ist die Wegstrecke auf ihrer vollen Länge überblickbar – mit Ausnahme des kleinen Abschnittes, auf dem der Weg kurz scharfkurvig in die kühle, schattige Sonnenuntergangsschlucht hinein- und ein kleines Stück weiter wieder aus der Schlucht hinausschwenkt.

Im vorderen Bereich der Schlucht haben die Eingeborenen in mühsamer und abenteuerlicher Fronarbeit einen Pfad in die zum Teil enorm steilen Felswände hineingemeisselt. Aber auch in diesem Bereich ist der Weg bei einer Breite von nahezu eineinhalb Metern mit gutem Schuhwerk mühelos begehbar. Stellenweise hat es auch ein paar alte, angerostete Einrohrgeländer. Gleichwohl sind die frohen Wandersleute gut beraten, schön gesittet hintereinander zu marschieren und möglichst bergseitig voranzuschreiten. An heiklen Stellen hat es auf Sichtweite immer grosszügige Ausweichstellen für den Fall, dass einem aus der Gegenrichtung eine Wandergruppe entgegenkommt.

Nach ein paar Dutzend Metern auf diesem Schluchtweg steht man vor einem rustikalen Bogenbrücklein. Es wurde aus den rauen Felsbrocken gefertigt, die bei den Meisselarbeiten angefallen waren. Hier hört man das ferne Rauschen des Baches, das vom Grund der Schlucht heraufdringt. Senkrecht nach oben blickend, gewahrt man weit über sich einen schmalen Streifen Himmel. Nach hinten in die enge Schlucht schauend, erkennt man allein stotzige und zerklüftete Felsformationen, von schillernden Moosen in mancherlei Grüntönen überwachsen.

Die Felswände sind feucht beschlagen, und die Luft ist gefüllt mit Millionen winziger Wassertropfen, die den meist frohgemut vorbeiziehenden Wandervögeln eine willkommene Abkühlung bereiten.

Vom vorderen Kuhbachspitz her kommend bemerkt der aufmerksame Wanderer kurz vor dem Brücklein eine an die Felswand geschraubte kupferne Gedenktafel. Darauf sind die Namen der bedauernswerten, heldenhaften Männer eingeprägt, die bei der ausserordentlich beschwerlichen und waghalsigen Herrichtung der kleinen Brücke und des vergleichsweise kurzen Wegstückes auf tragische Weise verunfallt sind – sei es, dass sie in die Schlucht hinuntergestürzt oder aber durch Steinschlag zu Tode gekommen sind.

Wenn der muntere Gebirgswanderer auf dem Scheitelpunkt des gebogenen Schluchtübergangs stehend einen lauten, fröhlichen Alpjauchzer ausstösst, kommt er in den Genuss eines überwältigenden, lang anhaltenden, erst nach und nach leiser werdenden Echos. Danach ist allein wieder das von tief unten heraufdringende Gebirgsbachrauschen zu hören.

Hat man den Steg überquert, gelangt man auf der anderen Schluchtseite wieder an den offenen Hang. Bergseitig des Weges erfreut eine wunderschöne, saftige Alpwiesenterrasse das Herz des Naturfreundes. Dazu beglückt einen talseitig wieder der voll fette Genuss einer prächtigen Aussicht, weit, weitherum. Zugleich aber werden die Wandersleute, erneut an der Sonne stehend, mit brütender Hitze konfrontiert. Aus der kühlen Schlucht kommend, läuft man gegen eine unsichtbare Wand. Die Luft ist wahrlich wahrhaftig zum Abstechen. Viele nutzen die Gelegenheit, um auf der gleich nach der Kurve am Wegrand stehenden Sitzbank kurz zu rasten und den imposanten Blick über das vor ihnen liegende Tal zu geniessen. Auch der Sumpfberg ist in Sichtweite. Von weit her hört man das beruhigende Gebimmel von Kuhglocken.

Die Sumpfbergspitze am Ende des Höhenweges gehört als einer von vier nebeneinander liegenden Bergen zum sogenannten Vierspitzmassiv.

Ein gutes Stück unterhalb der Sumpfbergspitze endet unser Wanderweg vor einer Gebirgswandererschenke, umgeben von einer leicht abfallenden Weide. Darauf eine gehörige Anzahl Kühe friedlich am Grasen. Ein herrlicher Anblick. Ganz besonders freut den durstigen Wanderer aber auch das am Wirtshaus montierte Emailschild: «Hier 1A Gebirgsbachbier».

Wohlan all jene, die unterwegs nicht eine der mehreren Abstiegsrouten vom Höhenweg ins Tal hinunter gewählt und den abwechslungsreichen Weg bis zur «Wirtschaft zum Sumpfberg» geschafft haben. Sie können in eben diesem gemütlichen Spunten dem auf der schönen Wanderung angesammelten Mordsdurst mit einzigartigem, köstlichem Gebirgsbachbier den Garaus machen. Vor allem die Männer, aber nicht selten auch gestandene Frauen versuchen den Brand zu löschen, indem sie zusätzlich Enzianschnäpse die Kehle runter schütten. Präzise ausgedrückt wird daraus oftmals eher ein haltloses Gläserleersaufen als ein gesittetes Durstlöschen.

Die Eingeborenen umschreiben diese Art des unkontrollierten Trinkens mit dem Wort «sumpfen». Daher rührt auch der Name, nicht nur des Gebirgswirtshauses. Denn infolge der bald einmal sehr populären Bezeichnung «Sumpfhaus» bürgerte sich nach und nach auch für den vierten Bergspitz in der Reihe des Vierspitzmassivs flugs ein neuer Name ein. Sie nannten ihn neu «Sumpfberg», und so wurde aus dem «Sumpfhaus» das «Wirtshaus zum Sumpfberg».

Früher hiess dieser Bergspitz Burgener Horn, benannt nach seinem Erstbesteiger Luzius Burgener, der den Berg vor über hundert Jahren im Alleingang erklommen hatte, und zwar an einem ebenfalls überaus hitzigen Sommertag. Dummerweise hatte Luzius Burgener vergessen, genügend Getränke einzupacken. Erschöpft droben auf dem Spitz angelangt, bekam er darum einen Durstkollaps und starb auf der Stelle.

«Verdammt, hab ich einen Saudurst!», soll er als Letztes von sich gegeben haben, bevor er über dem vor ihm liegenden Rucksack zusammengesackt war.

Heute ist der vierte Spitz auch auf den Landeskarten ganz offiziell als «Sumpfberg» eingetragen. Nur auf den von der schweizerischen Landesverteidigung gebrauchten Karten steht hinter «Sumpfberg» noch in Klammern: «vormals Burgener Horn».

Zu Gebirgswanderzeiten, also von Mai bis Oktober, fahren ab dem Mittag täglich fünf Postautokurse vom Tal zum Sumpfhaus hinauf. Und die Postautos karren alle Wandersleute, die vom köstlichen Gebirgsbachbier aus dem «Wirtshaus zum Sumpfberg» und von den dazu gekippten Enzianschnäpsen meist ausnahmslos schwer betrunken sind, ins Tal zurück. Wenn der Bus nach kurvenreicher Fahrt bei der Talstation angelangt und von den Fahrgästen entleert ist, ist der Chauffeur jeweils gezwungen, das Postauto mit einem auf Hochdruck gestellten Wasserschlauch von der vielen Kotze sauber zu spritzen. Massenweise Kotze, welche die Saufköpfe auf der Talfahrt aus dem Hals gereihert haben.

Zu deren Entschuldigung muss allerdings gesagt sein: Wer diesen Höhenweg schon einmal abgewandert hat, weiss, von welch einem mächtigen Saubrand man geplagt wird, wenn man endlich beim «Sumpfhaus» angelangt ist. Auf der ganzen Strecke ist man, mit Ausnahme des kurzen Abstechers in die Sonnenuntergangsschlucht, der brütenden Hitze so schutzlos ausgesetzt, dass man dabei literweise Wasser verschwitzen muss, ob man will oder nicht.

So auch heute wieder. Es ist ein überaus heisser Tag im August, die Gebirgsgrillen zirpen um die Wette, unzählige Schmetterlinge tanzen über den Wiesen, über dem Tal flimmert die Luft, und einige Wandervögel sind auf dem Höhenweg unterwegs. Kurz bevor der Weg die Kurve in die Sonnenuntergangsschlucht hinein macht, schreiten ein Mann und eine Frau. Etwa hundert Meter dahinter spazieren ebenfalls in Richtung Sumpfberg ein Vater und seine zwei halbwüchsigen Kinder. Ein putzmunteres Trio, das dem aufmerksamen Beobachter einen friedlichen Eindruck vermittelt. Anders das Paar vor ihnen auf dem Weg. Dieses sieht man wild gestikulieren, hört es keifen und schreien.

«... Hör doch auf, verdammt nochmal, das ganze Dorf weiss, dass du es mit dem Messdiener Kudi ...»

«... Und du, einfältiger Blödkopf, glaubst diese irren schwachsinnigen Schwätzereien. Und überhaupt ...»

«Was heisst da schwachsinnige Schwätzereien, du scheinheilige Schlampe, der Toni hat euch gesehen, wie ihr es einander in den Reben besorgt habt. Er hat auch ...»

«Soso, gerade der Toni, dieser verlogene Spanner muss anderen Leuten nachspionieren.»

«Halt doch deine doofe Gosche! Da brauchte euch niemand nachzuspionieren, wenn ihr halböffentlich, von überall her sichtbar, ungehemmt die Sau rauslässt, du Sauschlampe. Und überhaupt …»

«Was weisst du denn schon, du dämlicher Blödian? Und wenn schon, ich habe beim Kudi erst Trost gesucht, als ich hörte, dass du es mit der Serviererin Leni, dieser zügellosen Dreckschnepfe, treibst. Und zudem hurst du auch noch mit der Wahrsagerin Ilona bei jeder Gelegenheit, du primitiver Saubock! Glaubst du …»

«Wenn hier jemand herumhurt, bist du es, denn du …»

«Hahaha, herumhuren soll ich. Deine Wahrsagerin Ilona ist wohl die grösste Hure, Ilona nennt sie sich, diese schmierige Dorfmatratze. Dabei heisst sie ganz gewöhnlich Frieda, diese Sauschlampe, die es mit jedem Schwanz treibt, der ihr vor die Wäsche kommt. Fast jeder im Dorf soll …»

«Frieda ist keine Hure. Und im Gegensatz zu dir hat sie Rasse, wenn du weisst …»

«Rasse, Rasse, Rasse! Da kommst du mir gerade recht. Gerade du! Schau mal deinen Bierranzen an. Dass ich nicht lache. Rasse, Rasse …»

«Schau du zuerst deinen Arsch an, wie ein Schiffsbug kommt er daher. Noch grösser als der von deiner Mutter, auch so ein rechthaberischer Gifthafen. Und der Arsch deiner Mutter ist ja schon so gross wie ein Traktor.»

«Da ist Kudi aber anderer Meinung als du, du dämlicher Schlabberschwanz. Du hast überhaupt keine Ahnung von Rundungen. Keine Ahnung hast …»

«Halt doch deine dumme Fresse, du Scheissmetze, du schlampiger Sauhaufen. Morgen reiche ich die Scheidung ein. Deine verlogene Blödheit habe ich endgültig …»

«Mach das nur, du Würstchen, du elend kleines Würstchen, hähähä, Kari das Würstchen …»

«Aber sicher mach ich das. Dann kannst du deinen Plunder, deinen angesammelten Schrott zu deiner scheinheiligen, heuchlerischen Mutter bringen, dieser boshaften Sauhexe. Oder zieh doch gleich zu deinem frömmlerischen Sülzarsch Kudilein ins Pfarrhaus, du Schlampe …»

«Und wie gerne! Du weisst gar nicht, wie gerne ich das mache. Schon seit Wochen bete ich zu Gott, er solle mich von dir erlösen.»

Dann hebt sie ihren Kopf gegen den Himmel und beginnt laut zu beten:

«Oh heiliger Vater im Himmel, Herr Jesus Christus, erlöse mich von diesem primitiven, schweisseligen Ungeheuer. Hilf mir, oh Herr, gib mir die Kraft! – Und ich sage dir, du wirst noch bluten, bluten wirst du, du mickriges Würstchen …»

«Falsche Saumetze, verdammte. Das sehen wir dann …»

«Doch, du wirst bluten, du billiger Gebirgscasanova. Und deinem Chef werde ich erzählen, wie du dich immer über ihn lustig gemacht hast …»

«Ich warne dich, du Dreckluder, ich warne …»

«Hahaha, sicher bekommt er zu hören, wie du hintenherum erzählt hast, sein ganzer Laden wäre schon längst den Bach runter, schon längst Konkurs, wenn du nicht …»

«Das wirst du …»

«Und ob ich das werde. Du unfähiges Würstchen hast mir nicht zu befehlen, was ich …»

«Du verdammte Dreckschlampe …»

Die Stimmen überschlagen sich. Keine ganzen Sätze mehr, nur noch Gekreische, Zeter und Mordio. Und jetzt auch noch wilde Handgreiflichkeiten.

Mittlerweile sind sie auf dem schluchtigen Wegstück kurz vor dem Steg angelangt.

Da sieht Kari plötzlich rot, dunkelrot, und er überlegt

kurz: Wenn sie da hinunterfällt, und ich sage einfach, sie sei ausgerutscht …

Bevor er den Gedanken zu Ende denken kann, ertönt ein lauter, markerschütternder Schrei, dann bald ein erstes dumpfes «Mmpf». Dazu mehrfaches Echo, überschlagend langgezogen und immer leiser werdend. Grauenvoll ist dies anzuhören, als ob es kein Ende nehmen wolle. – Plötzlich Totenstille. Nur noch ein paar Steine und Kiesel, die in die Schlucht hinunterkollern und das weit entfernte Gebirgsbachrauschen sind hörbar.

Kari starrt noch immer erregt und ausser Atem in den Abgrund. Der Blick reicht nicht bis ganz nach unten, da die unter ihm abfallende Felswand leicht überhängend ist.

Es folgen einige lange Sekunden der unheimlichen Stille. Dann – Kari zuckt unvermittelt zusammen, der Schreck fährt ihm durch sämtliche Knochen – plärrt an der Wegbiegung eingangs Schlucht ein Mädchen:

«Papa, der Mann hat eine Frau in die Schlucht hinuntergeschupft.»

Plötzlich verspürt Kari einen unglaublich gewaltigen Saudurst. Sein Mund ist völlig ausgetrocknet. Schweissgebadet, bachnass erwacht er aus seinem Traum.

Er hebt seinen Kopf leicht an, um sich, total geschafft und noch voll schlaftrunken im Bett auf die Seite wendend, zu vergewissern, ob seine böse, alte Schlampe – so denkt er – von seinem rasenden Traum eventuell etwas mitbekommen habe.

In diesem Moment scheppert die Klappe in der dicken Zellentüre. Der Wärter schaut durch das Loch:

«Hallo, Chalbermatten Kari, guten Morgen! Aufstehen, Frühstück! Nachher kannst du in den Hof und dort dreissig Minuten im Kreis herumlatschen. Etwas Bewegung tut dir gut. Zieh dich warm an, es schneit draussen.»

03

Liebeskummer in Gröllmatt

Im Grunde genommen war der Toni mit seinem Leben rundum zufrieden. Er hatte ein schönes Heimatli bei seiner Mutter, die als Witwe jede erdenkliche Fürsorge für ihren einzigen Sohn, den lieben Toni, aufbrachte.

Der Vater, Alois Chalbermatten, war vor einigen Jahren bei einem Jagdunfall, der in dieser Art nicht selten war, ums Leben gekommen. Chalbermattens allerletzte Handlung war ein phänomenaler Blattschuss gewesen, sozusagen ein Jahrhundertschuss, auf einen nicht ganz vierzig Meter entfernt stehenden stattlichen Hirschbock. Kurz nach dem bemerkenswerten Volltreffer hatte Alois zufrieden grunzend eine druckbefreiende Blasenentleerung im Gebirgsgebüsch platziert, als er irrtümlicherweise von einem übereifrigen Jagdkameraden mit einer gewaltigen Schrotladung über den Haufen geschossen worden war. Der voll getroffene Alois Chalbermatten war augenblicklich tot in das vor ihm wachsende Gebüsch gefallen.

«Ehrlich, nein ehrlich, ihr könnt mir glauben!», hatte sein Jagdkumpan der Polizei zu Protokoll gegeben. «Ich habe ihn doch glattweg mit einer Gebirgswildsau verwechselt. Ein Mordsding von einer Gebirgswildsau, dachte ich noch. Und als ich hinzutrat, stellte ich fest, dass es keine Wildsau war, sondern der Alois. Ich war sehr enttäuscht, aber auch betroffen. Das könnt ihr mir glauben. Ehrenwort, von da, wo ich geschossen habe, sah Alois wirklich aus wie eine Wildsau, ein Brocken von einer Gebirgswildsau, das sag ich euch!»

Nun, das Geweih des von Alois kurz vor seinem Ableben erlegten Hirschbockes, einem Zwölfender, hing sodann als Andenken in der Stube von Chalbermattens, gleich neben dem von der Grossmutter geerbten Regulator, der durch sanftes «Ticktack, Ticktack, Ticktack», verbunden mit wohlklingendem, viertelstündigem Schlagen, heimelige Gemütlichkeit verbreitete.

Toni verdiente sein Brot bei der Firma Mount-Housetech & Cie. Ltd. als Staubsaugerschlauchschraubenschleifer. Man war mehr als zufrieden mit ihm. Sein Boss rühmte ihn immer wieder herzlich aufmunternd:

«Toni, du machst klasse Arbeit!»

Er lebte ein beschauliches und in allen Belangen geregeltes Leben. Dabei zeichnete sich der liebe Toni auch durch extreme Zuverlässigkeit aus. In seiner Freizeit half er seiner Mutter gerne bei der Bewirtschaftung des Gartens und bei der Pflege des kleinen Rebberges vor dem Hause.

Einer mit seiner höchst interessanten Arbeit ausgefüllten Woche folgte der Kirchgang am Sonntagmorgen. Nachmittags steuerte er während der jeweils von Mai bis September dauernden Gebirgsfussballmeisterschaft mit dem heimatlichen Gebirgsfussballklub «GFC Dynamo Gröllmatt» als Goalie mit vollem Einsatz dazu bei, die unaufhörlichen Kanterniederlagen in einem einigermassen erträglichen Rahmen zu halten. Toni war etwas scheu. Wenn er einen gegnerischen Schuss auf das Tor meist eher zufällig hatte parieren können, klopften ihm seine flotten Klubkameraden stürmisch auf die Schultern und lobten ihn lauthals:

«Sauber gemacht, Toni, super, Toni, weiter so!»

Diesem stieg vor Verlegenheit Röte ins Gesicht. Aber zugleich fühlte er sich in solchen Augenblicken unglaublich stark und dachte: Wenn das jetzt Vroni gesehen hätte.

Das war also das wahrlich sehr behütete Geheimnis, das Toni in seiner Seele herumtrug. Denn trotz aller genügsamen Zufriedenheit quälte Toni tief in seinem Herzen drin ein heftiger, elendiglicher Liebeskummer. Er war unsterblich verliebt. Toni wurde beinahe aufgezehrt und in der Seele völlig ausgemergelt ob seiner grossen, unerfüllten Liebe. Keine Minute verging, ohne dass er an seine hübsche Angebetete Vroni dachte. Er war gefangen von seinem unbändigen Liebeskummer und voller sehnsüchtiger Gedanken und Träume darüber, wie unsagbar schön, ja himmlisch das Leben mit seinem heimlichen Schatz Vroni wäre.

Abends sass er vielfach vor sich hin sinnierend in seiner behaglichen Kammer droben und zeichnete Herzen auf ein Blatt Papier. Oder er betrachtete seine umfangreiche Spezialsammlung von sauber polierten Häusern der gemeinen Gebirgsbachschnecke. Ab und zu vertiefte er sich auch in ein Buch mit einfühlsamen Gebirgsliebesgeschichten aus dem Geröllhaldenverlag, oder er träumte von der Ferne. Wobei diese Ferne für Toni nicht übers Tal hinausreichte.

Zum Fenster hinaus konnte er seinen Blick übers Dorf und über die unterhalb davon abfallende, mit allerlei Gebüsch und vereinzelten Gebirgsbäumen durchsetzte Geröllhalde bis ins Tal hinunterschweifen lassen. Der langgestreckte Talboden war an verschiedenen Orten locker überbaut mit Gruppen von älteren, traditionellen Wohnhäusern, aber auch mit neuzeitlichen Spekulationsbauten, verschiedenen Autowerkstätten, Campingplätzen, Golfanlagen und dergleichen mehr. Alle Wege und Strassen waren beinahe lückenlos eingerahmt mit Leitplanken. Das Gesamtbild vervollständigten hübsch arrondierte Rebberge und vereinzelte Waldstücke.

Viele Stunden verbrachte Toni am Fenster sitzend und still in Träume versunken ins Tal guckend. Meistens verfiel er in der Folge in flehentliche Schwärmereien. Hin und wieder schrieb er der heimlich verehrten Vroni herzbe-

wegende Liebesbriefe, in denen er der so inständig Ange-
himmelten seine heftige Liebe gestand. Dabei war seine
Kammer bisweilen nur von der über den Bergspitzen stehenden Nachtsonne aufgehellt. Bei Neumond oder wenn
sich der Mond hinter den gegenüberliegenden gebirgigen
Geröllhalden und den zum Teil hoch in den dunklen Himmel aufragenden Felsformationen versteckte, liess Toni sein
Tischlämpchen brennen, oder er erfreute sich mit einem
romantischen Kerzenlicht. Dazu liess er im CD-Player einen Sampler mit allerlei feiner Alpenlandmusik laufen.

Nie schickte Toni einen seiner vielen an seine allerliebste
Vroni gerichteten Briefe ab. Er las sie stattdessen jeweils
unzählige Male durch. Dazu schüttete er meistens zwei,
drei doppelte Portionen von aus Enzianwurzeln gebrann-
tem hochprozentigem Wasser den Hals hinunter, ab und
zu aber auch andere Alpenkräuterschnäpse.

Beim mehrmaligen Durchlesen der Zeilen voller inniger
Liebesbezeugungen wurde er jeweils von einer so unbeschreiblich krassen Sehnsucht übermannt, dass ihm in
seiner grenzenlosen Verzweiflung über die vermeintliche
Unerfüllbarkeit seiner Träume ein Meer von Tränen über
die Backen kollerte. Toni, ganz alleinzig in seiner Kammer hoch droben auf dem Berge, fühlte sich in solchen
Augenblicken unerhört einsam und verlassen, ja gar völlig
niedergeschmettert, am Boden zerstört.

Vroni war die überaus hübsche Tochter des ortsansässigen vermögenden Sägereibesitzers Sebastian Albisser. Sie
arbeitete in Vaters Betrieb und war da für eine saubere
Buchhaltung zuständig. Der leicht übergewichtige Albisser,
jahraus, jahrein in ein rotweiss kariertes Holzfällerhemd
und braune Manchesterhosen gekleidet, war eine markante Persönlichkeit. Er führte den Betrieb wie auch seine
Familie mit strengem Zepter. Völlig autoritär, geradezu dik-

tatorisch bestimmte er alles und duldete absolut keinen Widerspruch. So fügte sich Vroni auch widerstandslos, als sie von ihrem Vater eigenmächtig zur Heirat versprochen wurde.

Der von Albisser Auserwählte war der Sohn von Georg Aprabatt, dem einzigen Hotelier im schön gelegenen Gebirgsdorf Gröllmatt. Albisser und Aprabatt hatten an einem lauen Nachfrühlingsabend bei mehreren Halblitern Rotem beschlossen, dass Kari – so hiess der Sohn des Hoteliers – und Vroni einander heiraten würden. Eigenmächtig über die Köpfe der Betroffenen hinweg und aus wirtschaftlichen Gründen hatten sie das entschieden. Denn nebst dem eigentlichen Hotelbetrieb mit zugehörigem Five-holes-Golfplätzlein und angegliederter Driving Ranch war Georg Aprabatt auch noch alleiniger Besitzer von verschiedenen Waldstücken. Lapidar kamen die zwei Väter zum Schluss:

«Wald und Sägerei ergänzen sich gut!»

Karis liebstes Hobby war es, Kaninchen beim Rammeln zuzuschauen. So war aus den zwei Kaninchen, die er zu seinem fünfzehnten Geburtstag erhalten hatte, über die Jahre hinweg eine stattliche Kaninchenschar geworden. Dies, obwohl es im Hotelrestaurant als Menü drei tagein, tagaus Kaninchenragout mit Polenta gab.

Das weibliche Geschlecht interessierte ihn eher gar nicht. Kari raste auch gerne, in seinem roten Mitsibaru-Cabrio Frascati GTXL sitzend, mit über hundert Sachen auf dem Tachometer durch die engen Strassen der Gebirgsdörfer. Dabei freute sich der einfältige Lümmel kindisch, wenn ihm die Leute aufgeschreckt wegspringend den Stinkfinger zeigten und ihm stockwütend nachbrüllten:

«Verdammter Schafskopf, Oberarschloch, Idiot, unreifer Windelscheisser, verfluchter, verdammter.»

Der Kari regte in Vroni keine besonderen Gefühle. Sie spürte weder Liebe noch Sehnsucht. Sie spürte nichts, einfach nicht das Geringste, wenn sie an Kari dachte. Innerlich traurig zwar, aber unterwürfig und ohne irgendwelchen Widerstand fügte sie sich dem Befehl ihres Vaters und sagte sich, wie von ihrer Mutter demütig vorgelebt:

«Ja, wenn Vater meint, ist es halt so.»

Ganz tief in ihrem Herzen drin wusste sie allerdings schon, wen sie allersehnlichst hätte heiraten wollen. Aber so, wie der Vater die Familie unterdrückte, so knebelte sie auch ihre zarten Gefühle. Mit unglaublichen Folgen.

Es begann eines Tages mit ein paar eigenartigen Pickeln auf dem Bauch, am Tag darauf waren es ein paar mehr, und immer mehr und mehr. Zu guter Letzt war ihr ganzer Körper von Kopf bis Fuss mit grausig saftenden Eiterbeulen übersät. Derart extrem verunstaltet begab sie sich in Begleitung ihrer Mutter zu einem Naturheiler im Talgrund drunten. Denn auf Studierte, Ärzte und dergleichen hielt man keine grossen Stücke auf dem Berg droben.

«Die bilden sich sowieso nur ein, etwas Besseres zu sein. Zudem sind sie allesamt geldgierig», war so in etwa die Stimme des Volkes.

Der Handaufleger und Magnetopath mit langem Haarzopf und wallendem Bart empfing sie in ein schrill oranges, bis auf den Boden reichendes Gewand gekleidet. Um den Hals eine klotzige Kette, an der auf Bauchnabelhöhe eine übergrosse Medaille aus Trompetengold hing. Alle Finger waren mit unförmigen Ringen bestückt. Jeder Ring sei für eine bestimmte Energiestrahlung zuständig, sagte er.

Der sehr selbstbewusst auftretende, selbsternannte Heiler mit Künstlernamen Ivan Worosnji erschrak voll krass ob der Hundertschaft von schauderhaften, eitrigen Geschwülsten. Ein paar einzelne betrachtete er mit einer riesigen Lupe. Vom normalerweise praktizierten Handauflegen, das er bei mannigfaltigen Krankheiten meist mit dürftigem Erfolg praktizierte, sah er aber ab, mit dem Hinweis, das würde wohl in diesem speziellen Falle nicht weiterhelfen. Nachdem er Vronis Aura ausgependelt hatte, wobei er seine Hände zuckend durch die Luft schmettern liess und vehemente Zischlaute von sich gab, setzte sich Worosnji. Sein prüfender Blick wanderte mehrere Male zwischen Tochter und Mutter hin und her. Nach längerer, intensiver Verinnerlichung äusserte sich Worosnji in ernsthaftem und beschwörendem Ton:

«Da ist eine übermächtige Liebe! Eine kolossale Liebe, die in der Seele eingeschlossen, unterdrückt und abgewürgt wird. Solange du diese gewaltige Liebe nicht outest, wirst du mit diesen schauderhaften Eiterbeulen leben müssen. Besserung wird nicht eintreten können. Also Vroni, steh zu deiner heimlichen Liebe und offenbare sie!»

Vroni errötete, ohne ein Wort über ihre Liebesnot preiszugeben; und Mutter meinte:

«Sack Zement und Sägespan, was wird der Vater wohl dazu sagen?»

Nachdenklich und bangen Herzens begaben sich die beiden auf den strapaziösen Heimweg die Geröllhalde hinauf. Zuhause angelangt, machte sich Mutter Albisser zaghaft daran, dem Vater schonend zu eröffnen, welche Diagnose Ivan Worosnji gestellt hatte.

«Das ist doch erlogener Humbug, völlig hirnrissiger Stuss, erlogener Hafenkäse ist das, nichts anderes!»

Sebastian Albisser wurde sehr zornig und polterte lärmend in der Stube herum. Er verfluchte den Handaufleger Ivan Worosnji, der mit richtigem Namen Tschümperli Fritz hiess, und nannte ihn einen jämmerlichen Quacksalber, einen üblen Unzuchtschwätzer und Süssholzkotzer. Darauf schritt Albisser, vehement die Türen hinter sich zuschlagend, schnaubend aus dem Hause, in der Absicht, sich mit dem Sigrist zu treffen.

Der Sigrist war bekannt dafür, allerlei alte Mittel gegen jene Flausen, Machenschaften des Teufels und andere Absonderlichkeiten zu kennen. Er begann sofort, ununterbrochen vor sich hin murmelnd, mehrere seiner vielen alten Bücher zu wälzen, um sich schliesslich mit bestimmter und beschwörender Stimme an Sebastian zu richten:

«Bewahre uns Gott, Vater Albisser! Da steckt der Satan persönlich dahinter! Eine diabolische Angelegenheit. Aber da gibt es – Gott steh uns bei – bewährte, alte Mittel, um dem Pferdefuss den Garaus zu machen. Richte deiner Tochter im Dachboden droben eine Schlafstätte her. Und zwar tue dies mit sauberen, getrockneten Hobelspänen, die du mit gesegnetem Wasser bewirfst. Deine Tochter ist gehalten, über mindestens vierzehn Tage hinweg darauf liegend ihre Nachtruhe zu verbringen, nackt und ohne Hemd. Pro so verbrachte Nacht sollst du der Kirchenkasse zwanzig Franken opfern. Dazu kommen noch zwanzig Franken für das gesegnete Wasser.»

Die von Georg Albisser ungern hervorgeklaubte Anzahlung für eine zehntägige Kur sackte der Sigrist mit verkniffenen Augen hastig ein.

Die bedauernswerte Vroni, die sich nun also auf keinen Widerspruch duldendes Geheiss ihres Vaters allabendlich auf den Dachboden begab, wo Sebastian Albisser das Spänenachtlager auf dem losen Bretterboden hergerichtet hatte, wurde mit jedem Tag trauriger und weinte Nacht für Nacht bittere Tränen in die Hobelspäne.

Eine Tortur, die keinen richtigen Schlaf erlaubte. Morgens war sie am ganzen Körper mit Spänen bedeckt, die sich mit den saftenden Eiterbeulen verklebten. Mühsam und unter elenden Qualen musste Vroni sich säubern, bevor sie sich anziehen konnte.

Mehr und mehr zog sie sich darauf tagsüber irgendwohin zurück, um den Tränen freien Lauf zu lassen. Von einer auch nur geringen Besserung oder gar einem Verschwinden der abscheulichen Eiterbeulen keine Spur. Vroni verfiel in tiefe Depressionen.

So war es auch an jenem wundervollen, herbstlich sonnigen Sonntagnachmittag im Oktober. Bei tiefblauem Himmel konnte man eine herrliche Fernsicht geniessen.

Toni war gerade arglos auf seinem gewohnten Sonntagsspaziergang droben im Obermattenwald unterwegs, mitunter auch ungezwungen auf der Suche nach weiteren, schönen Schneckenhäusern für seine tolle Sammlung. Dabei war er verträumt in Selbstgespräche versunken. Seine Gedanken verweilten einzig bei seiner heimlichen Liebe Vroni.

Als Toni nichtsahnend in der Nähe der Aussichtsbank beim Obermattengupf vorbeischlenderte, kamen ihm unverhofft leises Schluchzen und Wimmern zu Ohren. Er näherte sich, sachte durch das bereits mit herbstlich bunten Blättern geschmückte Gebüsch schreitend, den Geräuschen. Als er auf das lichte Aussichtsplätzlein trat, erstarrte er ob des Anblicks, der sich ihm bot. Das Vroni sass auf der Bank, völlig aufgelöst, wie ein Häufchen elendigliches Elend!

Das überraschende Auftreten von Toni liess bei Vroni alle Dämme brechen. Ein ungeahnter Schluchzanfall schüttelte sie heftig durch, immer wieder. Sie wurde sich ihrer unbeschreiblich grossen Liebe zu Toni noch mehr bewusst. Mit verheulten Augen blickte sie zu ihm auf, um ihm unter Tränen zu gestehen:

«Ohohohooo, Toni, ich liebe dich, oohohohooo, was soll ich auch machen? Ich liebe dich, Toni, oohohohooo!»

Toni lief ein kalter Schauer über die Haut, er glaubte zu träumen, sprachlos stand er da, sein Mund war offen.

«Sag doch etwas, Toni!», bat Vroni, mit flehendem Blick ihren Toni anhimmelnd.

Toni wollte reden, fing unartikuliert zu stammeln an, dann begann er zu weinen, und da plötzlich kamen die Worte befreiend über seine Lippen:

«Oohohohooo, Vroni, ich liebe dich doch auch, oh Vroni. Nur dich allein liebe ich, du bist mein Glück, mein Alles. Tag und Nacht denk ich immerzu an dich, mein allerliebstes Vroni!»

Und mit einem Mal versagten ihm seine Beine, seine Knie knickten ein, und er klappte zu Boden. Hilflos darnieder liegend wurde Toni ebenso von heftigem Schluchzen richtiggehend durchgeschüttelt.

Vroni legte sich sogleich zu ihm. Sie heulten befreit miteinander ihre Erlösung hinaus, trösteten einander innig, versprachen einander ewige Liebe und versanken in einer wundervollen Glückseligkeit. – Die Sonne stand schon tief, als sie sich aus ihren Träumereien erhoben und sich auf den Weg nach Hause machten. Kurz vor dem Dorf trennten sich ihre Wege.

Am Tag darauf – die vielen Eiterbeulen waren wie durch Wunderhand allesamt verschwunden – bat Vroni ihre Mutter um ein Gespräch und offenbarte dieser ihr gestriges Glückserlebnis und ihre heimliche Sehnsucht.

«Ja Vroni, du gutes Kind, da hat der Herr Handaufleger Worosnji doch recht gehabt. Vater wird wohl sehr böse werden, wenn er das erfährt», meinte Mutter seufzend, um sich gleichzeitig, verschämt den Kopf abdrehend, ein paar Tränen der Rührung von den Backen zu wischen.

Tatsächlich, es war eine schlimme Nachricht für Sebastian Albisser. Der voll fette Plan, sich durch die Einheirat beim Hotelier günstig dessen weitläufige Wäldereien unter den Nagel reissen zu können, schien sich in Luft aufzulösen. Sein Unwille, gepaart mit einer unbändigen Wut, liess die Jähzornsader auf seiner Stirn mächtig anschwellen. Albisser bekam einen grauenhaften Tobsuchtsanfall, schritt in die Werkstatt und prügelte mit einem Dreschflegel ungehalten auf einen Haufen Sägespäne ein, nicht ohne dabei fürchterlich zu fluchen, zu stampfen und zu schnauben, dass es Gott erbarmte. Den Sigrist schimpfte er einen ignoranten, geldgierigen Sabberfritzen, einen konspirativen Komplizen des Satans, einen üblen Scharlatan.

Die Gröllmatter, die zu dieser Zeit gerade auf dem angrenzenden Dorfplatz unterwegs waren, steckten gierig ihre Köpfe zusammen:

«Hört, hört, der Albisser hat wieder einmal einen seiner fürchterlichen Zornesausbrüche und schlägt dabei wohl wieder tausend Späne tot», flüsterten sie einander zu. Wie wahr, wie wahrlich wahrhaftig wahr!

Nachdem Albisser sich tüchtig ausgetobt hatte, machte er sich mit Sägespänen auf den Kleidern, im Gesicht und in den Haaren strammen Schrittes auf den Weg zu Chalbermattens Heimatli. Als er hechelnd dort anlangte, war sein Holzfällerhemd unter den Armen arg verschwitzt. Er drückte ungestüm drei Mal auf die Türglocke.

Witwe Chalbermatten war gerade tüchtig am Kneten eines geschmeidigen Brotteiges und rief dem Toni zu:

«Geh du schauen, wer da ist, Bub!»

Toni öffnete nichts Böses ahnend die Haustüre. Sogleich fuhr ihm ein entsetzlicher Schreck durch Mark und Bein, als er den vom Herbeieilen gänzlich ausser Atem geratenen Herrn Albisser erblickte.

Sebastian Albisser streckte die Arme aus und sprach zu Toni mit lauter, aber zitteriger Stimme:

«Komm an meine Brust, mein neu gewonnener Sohn, und dass du mir der Vroni ein rechtschaffener, anständiger Mann sein wirst, versprich mir das!»

«Das will ich sein, Herr Albisser, das verspreche ich.»

Und sie drückten sich aneinander. – Ihre Augen füllten

sich vor lauter Freude und der sie plötzlich überkommenden, befreienden Wonne mit Augenwasser.

Tonis Mutter begab sich, ob dem brockenweise Gehörten neugierig geworden, an die Haustüre. Bei ihrem Erscheinen löste sich Albisser aus der Umarmung mit Toni, streckte die Arme nun in ihre Richtung aus und plärrte mit breit verzogenem Mund und die Augen voller Tränen:

«Oh Witwe Chalbermatten, ich habe soeben einen flotten Sohn bekommen.»

Tonis Mutter, überwältigt von der überaus herzergreifenden Begebenheit, begann ebenso zu flennen und hielt sich mit beiden Händen die Schürze vors Gesicht.

«Und ich eine so liebe Tochter», blabberte sie schluchzend in ihre Schürze hinein.

Anderntags weinte das ganze Dorf vor Freude über diese rührende Geschichte, und schon bald läuteten die Hochzeitsglocken. Der Kirchturm wackelte.

Kari, der Sohn des Hoteliers, war sehr froh über diese für ihn famose Entwicklung. Die angesagte Heirat war ihm nämlich wie ein Schreckgespenst im Nacken gesessen. An Vroni hatte er zwar überhaupt nichts auszusetzen, aber eigentlich waren seine Empfindungen anderweitig ausgerichtet.

Er fühlte sich auf jeden Fall wie von einer schweren Last entbunden, als er sich am Abend vor der Hochzeit mit seinem Freund und Geliebten Luzius, dem Präsidenten der Harmoniemusik aus dem Nachbardorf Ennethütten, zum geheimen Stelldichein traf. Da sassen die beiden beim Fischweiher im hohen Schilf, und Kari frohlockte:

«Jetzt bin ich den Heiratsalbtraum los. Ich fühle mich so erleichtert und glücklich. Oh mein geliebter Luzius, komm, lass uns von hier wegziehen, irgendwohin, wo uns niemand kennt, nach Burgdorf oder nach Gontenschwil oder nach Andorra. Da könnten wir eine gigantische Kaninchenzucht aufbauen, oh Luzius!»

Luzius gab traurig, aber bestimmt zur Antwort:

«Oh Kari, du weisst doch, ich kann meine Harmoniemusik, meine Familie, meine fromme Frau Gemahlin und unsere vier Kinder nicht alleine zurücklassen.»

Luzius und Kari umarmten sich innig, derweil im Westen die Sonne am Horizont in eine Schlucht hinunter sank.

Nicht lange danach hatte Kari bis obenhin genug vom heimlichen Treiben mit Luzius. Dies umso mehr, als in Ennethütten hinter vorgehaltener Hand erste Gerüchte über dessen bisexuellen Neigungen kursierten.

Kari verliess Gröllmatt eines Nachts mit seinem Cabrio in Richtung Zürich.

«Soll sich Luzius doch seinen Kummer an der Brust seiner eifersüchtigen Frau ausweinen. Ich bin es definitiv leid, weiterhin das fünfte Rad am Wagen zu spielen», sagte Kari zu sich selber.

In Zürich fand Kari bald einmal eine Stelle als Barkeeper in einem einschlägigen Lokal. Da lernte er eine neue Liebe kennen. Es war denn auch sein Auserwählter Hubert, sein neuer Schatz, der in der Folge sein Beziehungsnetz spielen liess. Kurze Zeit danach startete Kari eine steile Karriere als Fernsehmoderator.

04

Der Untergang von Obergebirgen

Die Sonne scheint und klar die Luft
Herrlich auch der Enzianduft
Ich wandre über Stock und Stein
Es könnte gar nicht schöner sein

Holldriaaa, ich bin so froooh
Holldriaaa und holldrioooo

So sang Fridolin lauthals vor sich hin, allein unterwegs
auf der Suche nach seltenen Alpenblumen für sein Press-
album. In eine innere Zufriedenheit versunken und gegen
den Horizont marschierend, bemerkte er nicht, wie er vom
Weg abkam. Unverhofft stand er auf einer wunderschönen
Wiese voll schönster Alpenblumen. Fridolin war hocher-
freut über den herrlichen Anblick, der sich ihm bot, und
einen Alpjauchzer von sich gebend, vertiefte er sich noch
mehr in das farbenprächtige Blumenmeer.

Nach einiger Zeit, wie aus einem Traum erwacht, wurde
er sich bewusst, dass er den Weg verloren hatte und auch
nicht mehr feststellen konnte, woher er eigentlich gekommen war. Er konsultierte seine Wanderkarte und versuchte
zu rekonstruieren. Es gelang ihm aber beim besten Willen
nicht herauszufinden, wo er sich befand. Er fand keinen
Anhaltspunkt in der Landschaft, der ihm hätte weiterhelfen können. Auch das eingehende, unter Zuhilfenahme
der Landeskarte vorgenommene Studium der umliegenden
Gebirgsformationen fruchtete nichts. Weit und breit kein
Weg, kein Haus, kein Mensch in Sicht.

Die einzigen Anzeichen von Zivilisation waren die beiden

Doppeldecker der Schweizer Armee für Vaterlandsverteidigung, die in Tarnfarbe mehrmals über ihn hinwegflogen und einen Saulärm veranstalteten.

«Sack Zement, wo bin ich da bloss hingeraten?», fragte sich Fridolin.

Er setzte sich ratlos auf einen Stein und begann angespannt zu überlegen, in welche Richtung er sich wagen solle. Da vernahm er Gurgeln und Plätschern von Wasser. Er folgte dem lebhaften Geräusch und traf auf ein herrliches, klares Gebirgsbächlein, das durch die schöne Alpwiese gluckerte.

Zwar lieber wäre mir
ein kühles Bier
als dieses Bächlein hier
Holldriaaa und holldriooo

jauchzte er improvisierend. Fridolin kniete sich nieder und schöpfte mit den hohlen Händen ein paar Schlucke des köstlichen, nach geschmolzenem Schnee und Felsgestein schmeckenden, kühlen Gebirgsbachwassers.

«Ich folge wohl am klügsten dem Lauf des bezaubernden Gebirgsbächleins», beschloss Fridolin nach kurzem Nachdenken. «Wo Wasser zusammenkommt, hat es meist auch Leute.»

Also marschierte er zügigen Schrittes und frohgemut dem Bächlein entlang. Dieses wuchs tatsächlich mehr und mehr, durch Zuflüsse von weiteren Gebirgsbächlein gespiesen, zu einem schönen Gebirgsbach an.

Er wusste nicht, wie lange er bereits unterwegs war, denn die von seinem lieben Götti zum zwanzigsten Geburtstag erhaltene «Eterna Matic» war Punkt 13.42 Uhr stehengeblieben. In seiner Aufregung über die bevorstehende Gebirgswanderung hatte er vollkommen vergessen sie aufzuziehen, wie er dies üblicherweise Tag für Tag frühmorgens tat.

Der Sonnenstand liess ihn auf zirka vier Uhr gegen Abend schätzen, als er über einen Geländebuckel schreitend auf ein terrassiertes, leicht abfallendes Wiesenstück kam. Gegen Süden war die Wiese wie abgeschnitten, als ob dort die Welt zu Ende wäre.

Aufgrund von in der Wiese herumliegenden Bohnen kam Fridolin zum Schluss, dass hier Ziegen geweidet haben mussten. Dies liess ihn vermuten, es könnten auch Menschen in der Nähe wohnen.

Zügig schritt er auf die Krete zu, von wo er ein beachtliches Rauschen vernahm. Dort angelangt, bot sich ihm ein überwältigender, ja fantastischer Ausblick. Neben ihm stürzte sich der Gebirgsbach über die zweihundert Meter hohe, steil abfallende Felswand hinunter. Unten hatte sich ein idyllischer kleiner Gebirgssee gebildet.

Der Abfluss aus dem tiefgrünen Teich schlängelte sich glitzernd auf einer zweiseitig abrupt durch bodenlosen Abgrund begrenzte Gebirgsterrasse gegen Süden hin, um dort wiederum in der Tiefe zu verschwinden. Die Terrasse war sicher über zwei Quadratkilometer gross.

Rückwärtig schmiegte sich die unter ihm liegende Hochebene an die halbkreisförmige Felswand. Inmitten dieser Gebirgsterrasse war nebst saftig grünen Wiesen sowie Streifen von Gebirgsföhren- und Lärchenwäldern eine malerische Ansammlung von etwas mehr als zwei Dutzend dunklen Holzhäuser zu erkennen. Sie reihten sich um einen kleinen Platz herum und umgarnten eine putzige Kapelle.

Es fehlten nur noch ein kleiner Bahnhof, Geleise und ein tutendes Eisenbähnchen, und das Ganze hätte, von so weit oben betrachtet, ausgesehen wie ein reizendes, kleines Gebirgsdorf in einer putzigen Modelleisenbahnanlage.

Unbeschreiblich, diese berauschende Imposanz. Fridolin stand perplex vor der fabelhaften Idylle von einzigartiger Schönheit und Vollkommenheit. Noch viel weiter unten sah er ein im Dunst liegendes Tal, das sich gegen Westen ausdehnte. Fridolin kam nicht aus dem Staunen heraus. Um sich schauend, erblickte er im steilen Abhang einen schmalen Weg.

«Dieser Weg könnte mich zum Dorf hinunterführen», kalkulierte er und schritt, die unerhörte Aussicht geniessend, die Krete ab. Nach kurzer Zeit fand er den Zugang zum Abstieg. Dort sass ein aufgeweckt wippendes Alpenrotkehlchen in einem Gebirgsbüschchen und gab in kurzen Abständen liebliche Töne von sich. Fridolin empfand es wie eine herzliche, gar verlockende Begrüssung, ja eine Einladung, den Abstieg zu wagen.

Vorsichtig schritt er auf dem in die Felswand gemeisselten Weg hinunter, auf der einen Seite die Wand senkrecht nach oben, auf der andern der Abgrund. Zweimal führte der Weg hinter dem Wasserfall hindurch, und dabei genoss er die wohltuende Abkühlung durch die von Millionen und Abermillionen winzigster Wassertropfen gesättigte Luft. Es war einfach herrlich.

Eigentlich hatte Fridolin geplant, abends zeitig wieder zuhause zu sein. Er lebte als Junggeselle in Thun am Thunersee in einer kleinen Pension.

Eine liebe Frau zu finden hatte er – ins heiratsfähige Alter gekommen – bald einmal aufgegeben. Alle Frauen, die er kennenlernte, wendeten sich beim Anblick seines Riechorganes umgehend von ihm ab. Denn nebst seinem stattlichen Rüssel im Gesicht war eben dieser – um noch eins draufzusetzen – auch noch mitten auf der Spitze mit einer Warze dekoriert, beinahe so gross wie eine Fingerbeere. Fridolins Gesicht wurde völlig von der auf seinem riesigen

Zinken sitzenden Warze beherrscht. Gerade so, als ob es den Rest seines ansonsten lieblichen Angesichts gar nicht gegeben hätte. Sein treuer, offener Blick wurde überhaupt nicht wahrgenommen.

«Heute wird wohl nichts mit einer zeitigen Heimkehr, und die Pensionswirtin wird immer so ungehalten, wenn man sich für das Nachtessen nicht abmeldet», machte er sich Gedanken. «Ja nun, ich kann's nicht ändern!», streifte er kurz diese Bedeutungslosigkeiten.

Denn hauptsächlich waren sein Herz und seine Seele voll erfüllt von einem unbeschreiblichen Glücksgefühl über die fetten, fantastischen Naturschönheiten, die sich ihm hier boten. Noch nie hatten seine Augen eine solch einzigartige Herrlichkeit und Idylle zu sehen bekommen.

Nach dem gelungenen Abstieg näherte er sich dem reizenden Gebirgsdörflein. Das Glöcklein der Kapelle schlug gerade halb sechs, als er bei den Häusern angelangt war. Mitten auf dem kleinen Platz spielten drei halbwüchsige Mädchen «Himmel und Hölle». Vermutlich Drillinge, denn sie glichen einander wie ein Ei dem andern.

Es begegneten ihm auch zwei Frauen um die zwanzig – es hätten Zwillinge sein können –, die ihn mit den Worten begrüssten:

«Guten Abend, schöner junger Wandersmann!»

An einem etwas markanteren, grösseren Haus neben der Kapelle hing ein altes, schon ordentlich vergilbtes Schild mit dem Schriftzug «Restaurant du Nord».

Fridolin merkte plötzlich, wie durstig er war. Sein Herz begann zu hüpfen, und schnurstracks schritt er die zwei, drei Tritte der vorgebauten Treppe hinauf und betrat das Wirtshaus.

Kaum in der Gaststube, wurde er von der Wirtin und deren erwachsenen Tochter herzlich empfangen:

«Grüss dich, hübscher junger Wandersmann.»

Fridolin setzte sich und bestellte eine Flasche Bier.

«Du hast dich wohl verirrt?»

«Genau, ich habe irgendwo im Gebirge droben den Weg verloren. Wo bin ich denn hier gelandet?»

«In Obergebirgen, hübscher Mann!»

«Obergebirgen! Soso. Ein schöner Name für einen prächtig gelegenen, wunderschönen Ort.»

«Und du? Wo kommst du denn her, kräftiger, hübscher junger Mann?»

«Aus Thun am Thunersee.»

«Thun? Gehört das noch zur Schweiz?»

«Ja, selbstverständlich liegt Thun in der Schweiz. In Thun hat es sogar eine grosse Kaserne der Eidgenössischen Schweizer Armee für Vaterlandsverteidigung.»

Und so schwafelten sie frisch und fröhlich miteinander. Fridolin erfuhr, dass im schönen Gebirgsdorf Obergebirgen seit über fünfzig Jahren keine Männer mehr ansässig und seit noch längerer Zeit auch keine Buben mehr geboren worden waren. Irgendetwas musste die Gene so destabilisiert haben, dass in Obergebirgen nur noch Mädchen das Licht der Welt erblickten.

War es das Gebirgswasser? Oder herrschte vielleicht aufgrund der Abgeschiedenheit zu wenig Blutauffrischung? War es der Gebirgsblumenkräutertee? Oder lag es an den Gerichten mit Gebirgspilzen? Sie wussten es nicht.

Fridolin war nachdenklich geworden. Insgeheim fragte er sich, wo denn die Drillinge auf dem Dorfplatz herkommen mochten. Oder auch die Tochter der Wirtin, die er auf um die zwanzig schätzte. Zudem fiel ihm auf, dass alle Frauen pechschwarzes Haar hatten, nur die Drillinge auf dem Dorfplatz waren strohblond. Fridolin hatte aber Hemmungen nachzufragen und ins Detail zu gehen. Und die Wirtin kam ihm eh zuvor:

44

«Wenige Male, ja gar selten, verirrt sich ein flotter Wanderer hierher, auf dem gleichen Weg wie du. Das letzte Mal war es ein blonder Holländer, zwölf Jahre ist das her. Es ist aber keiner für immer geblieben.»

«Aha, soso. Dabei ist es hier ja wie in einem wahrhaftig wahrlichen Paradies», meinte Fridolin.

«Du sagst es, hübscher junger Mann.»

Er bestellte eine weitere Flasche kühles Gebirgsbachwasserbier und erkundigte sich nach einer Seilbahnstation oder einem Abstieg ins Tal hinunter.

«Oh, starker junger Mann, da gibt es keine Seilbahn. Und ein Abstieg ins Tal ist völlig unmöglich. Da ist nur eine grob zerklüftete, meist überhängende Felswand.»

Mit dieser überraschenden Tatsache konfrontiert, begann es in Fridolins Kopf heftig zu grübeln: Ja, was mache ich denn nun? Wo kann ich schlafen? Wo könnte ich eine Kleinigkeit zu essen bekommen? Wie sag ich's meinem Meister, wenn ich morgen Montag nicht zur Arbeit erscheine? Und meiner Pensionswirtin?

Fridolin war voller Fragen.

«Mach dir mal nicht zu grosse Sorgen, hübscher junger Kerl. Nächtigen kannst du im Backhäuschen. Wir werden dir da ein bequemes Nachtlager herrichten. Es wird dir sicherlich gefallen. Und zu essen? Selbstverständlich! Du hast sicher einen mächtigen Hunger bekommen auf der langen Wanderung. Warte mal, hübscher Mann.»

Wirtin und Tochter verschwanden durch die Türe hinter dem Buffet. Fridolin hörte sie in der Küche hantieren und angeregt schwatzen, unterbrochen durch zeitweiliges, vergnügtes Kichern.

Bald einmal brachten sie ihm einen Teller, voll belegt mit verschiedenen aufgeschnittenen Würsten, Ziegenschinken und köstlichem Käse. Dazu Schnitten von einem wunderbar wohlschmeckenden Brot.

«Hier, hübscher junger Mann, iss, damit du ordentlich zu Kräften kommst.»

Fridolin begann zu schmatzen. Während er gemütlich ass und mit den beiden Frauen plauderte, kamen in kurzen Abständen weitere Frauen in die Wirtsstube und setzten sich ringsum an die Tische.

Die Blicke waren von allen Seiten auf Fridolin gerichtet, und er glaubte, in ihren Augen einen gierigen Glanz und auf ihren Lippen ein fröhlich verschmitztes Lächeln festzustellen. Aber vielleicht war das auch nur Einbildung, geschürt durch seinen Bierkonsum.

«Noch eine Flasche vom köstlichen Gebirgswasserbier.»

«Gerne, hübscher junger Mann.»

Was Fridolin besonders auffiel, war ihr Aussehen. Sie waren sich nicht nur ähnlich. Nein, ihre Gesichtszüge, ihre Frisuren, einfach alles bis ins Detail war genau gleich, als ob sie allesamt Zwillingsschwestern wären, einmal jünger, einmal älter. Es dünkte ihn, als ob mit ihm neunzehn Mal dieselbe Person in der Gaststube sitzen würde, einfach in verschiedenen Altersstufen. Ununterbrochen musterten sie den lieben Fridolin.

Mal sagte eine Frau:

«Herrgott, ist das ein hübscher Bursche.»

Mal eine andere:

«Und kräftig ist er.»

Sie tuschelten und murmelten miteinander und liessen ihre emsigen Schwätzereien, ihr Geschäker, hin und wieder von einem ausgelassenen Gewieher begleiten.

Fridolin fühlt sich glücklich wie noch nie. Sein Herz hüpfte. Er war mehr als satt. Er bestellte eine weitere Flasche wohlschmeckendes Gebirgswasserbier. Dazu gab er einen dröhnenden Rülpser von sich. Während er innerlich von seinem eigenen Mut überrascht war, brachen die Frauen in schallendes Gelächter aus. Sie zwinkerten sich zu, stiessen sich mit den Ellbogen an und bedachten Fridolin mit schalkhaften Blicken.

Es war gegen zehn Uhr nachts, als Fridolin die Müdigkeit überfiel. Er bat, dabei die Arme streckend und gähnend, nun schlafen gehen zu dürfen.

«Kein Problem, hübscher, kräftiger Mann, komm, wir zeigen dir dein Nachtlager», gab die Wirtsfrau ihm ermunternd zu verstehen.

Einer Prozession gleich von allen Obergebirger Damen geführt und begleitet, begab sich Fridolin über den vom Mond beschienenen Dorfplatz zum schräg gegenüber liegenden Backhäuschen. Ein Hauch von Andacht breitete sich über dem Dorfplatz aus.

Beim Backhäuschen angelangt, öffnete die Wirtin als Anführerin des Aufzuges die Türe. Die Türangel quietschte. Drinnen war neben dem Feuerloch ein breites Nachtlager hergerichtet.

Fridolin freute sich unglaublich darauf, sich hinlegen zu können. Innerlich war er völlig beglückt und erfüllt von riesigem Wohlbehagen und beschwingter Zufriedenheit über den herrlichen Tag mit all seinen die Seele erquickenden Überraschungen. Er bedankte sich reihum und wünschte allen eine angenehme Nachtruhe.

«Auch du sollst gut schlafen, hübscher junger Mann», kam es mehrstimmig zurück.

Die Obergebirgerinnen schritten, den Kopf stets zu Fridolin gewandt und ihm winkend, vom Backhäuschen weg. Fridolin schloss die Tür – wieder das kurze Quietschen – entkleidete sich und legte sich, eine wohltuende Müdigkeit und Völle verspürend, auf das nach würzigen Heublumen duftende Nachtlager. Durch ein kleines Fenster verbreitete der Vollmond dumpfes Dämmerlicht.

Er liess den verflossenen Tag in der Fantasie noch einmal Revue passieren, begonnen am Morgen mit der Zugfahrt von Thun nach Hinterkrachen, wo er das Postauto bestiegen hatte. – Weiter kam er nicht mit seinen Gedanken. Er war mit einem zufriedenen Lächeln im Gesicht eingeschlafen.

Nachts schreckte er plötzlich auf und glaubte Geräusche gehört zu haben. Er erhob die Schultern, stützte sich auf die Ellbogen und horchte. Fridolin hörte nichts. Es herrschte lautere Gebirgsstille.

Danach legte er sich mit dem Kopf zur Wand gerichtet sogleich wieder nieder. In dem Moment, als er vom Zustand des Dösens in den Zustand des Tiefschlafes zu kippen schien, wurde er erneut aufgeschreckt. Nun aber vernahm er klar und deutlich das Quietschen der Türangel. Sie quietschte zweimal nacheinander.

Darauf hörte er, seine Ohren gespitzt, innerlich gespannt und mit versteiften Muskeln, ein Tappen. Gerade so, als ob nackte Füsse über den Boden gehen würden. Es raschelte, neben ihm wurde die Wolldecke angehoben. Dann spürte er warme, sanfte Hände, die seinen Körper berührten, und zugleich schmiegten sich wohlige Rundungen an ihn.

Fridolin glaubte erst zu träumen. Als dann aber die fremden Hände gar emsig mit seinem Körper zu spielen begannen, wurde er hellwach. Die Leidenschaft startete zur Hochzeitsfeier. Nach ausgiebigem Techtelmechtel und innigen Umarmungen gab ihm das weibliche Wesen einen leichten, aber liebevollen Kuss auf die Backe und verabschiedete sich mit den Worten:

«Du bist ein lieber Mann.»

Die Türe quietschte zweimal, und weg war sie.

Fridolin, völlig verdutzt, ja halb verwirrt, brachte keine zusammenhängenden Gedanken auf die Reihe

Und schon bald quietschte die Türe wieder. Wieder das Tappen, wieder das Rascheln, wieder emsige Hände, das ganze Programm. Danach quietschte die Türe, und weg war sie.

Die Türe quietschte pro Besucherin vier Mal und bis gegen Morgen hin insgesamt noch weitere acht Mal.

Das neun Uhr schlagende Kapellenglöckchen holte Fridolin friedlich aus dem Schlaf. Doch noch nicht richtig wach, überfiel ihn ein zünftiger Schrecken:

«Wo bin ich?»

Danach begannen sich in seinem Kopf die am Tag zuvor und in der Nacht erlebten abenteuerlichen und ergreifenden Erlebnisse gedanklich zu überwerfen. Die Verwirrung war gross. Er brauchte seine Zeit, bis er die eindrücklichen Erinnerungen in Ordnung gebracht hatte. Dann aber wurde er augenblicklich von einem berauschenden Hochgefühl befallen, und er fragte sich, wie es wohl wäre, für immer da zu bleiben.

Fridolin wusch sich am Trog. Dabei musste er sich zuerst an das kalte Gebirgswasser gewöhnen. Danach zog er sich die Kleider über. Munter öffnete er die quietschende Türe und machte zwei, drei Schritte an der frischen Luft. Oh Gott, der überwältigende Ausblick auf das putzige Dorf und die traumhafte Gebirgslandschaft. Dazu der würzige Duft, die wunderbare Gebirgsstille, allein verbunden mit dem leisen Gesumme unzähliger Gebirgsbienen und Gebirgshummeln – einfach nur vollkommene Harmonie, ja eine wahrlich und wahrhaftig bezaubernde Stimmung. Ein Paradies!

Fridolin verspürte ein unbeschreibliches Glücksgefühl. Da ertönten die ersten Begrüssungsrufe:

«Guten Tag, hübscher junger Mann.»

«Guten Morgen, flotter, schöner Fridolin.»

Von der Gaststube «Du Nord» her rief die Wirtstochter:

«Komm frühstücken, Fridolin.»

Fridolin dachte einen Moment bang an seinen Chef, der sich sicher sehr darüber ärgerte, dass Fridolin unentschuldigt der Arbeit fernblieb. Aber seine Ängstlichkeit war von kurzer Dauer, denn er sagte sich:

«Was soll's! Ich geniesse jetzt mal den prächtigen Tag, und dann sehen wir weiter.»

Er trottete gemütlich über den Dorfplatz zum Wirtshaus hinüber, nicht ohne dabei verschiedenen Obergebirgerinnen einen schönen Tag zu wünschen.

«Das wünschen wir dir auch, flotter Fridolin.»

Im «Du Nord» erwartete ihn eine Frühstücksplatte mit allerlei Obergebirger Spezialitäten.

«Greif zu, hübscher Fridolin», ermunterte ihn die Wirtin.

Fridolin genoss das Frühstück, das ihm wie ein königliches Festmahl vorkam, in vollen Zügen. Dazu trank er mehrere Tassen gefüllt mit einem vorzüglich duftenden und erfrischend schmeckenden Gebirgskräutertee.

Noch bevor er fertig gefrühstückt hatte, orientierte ihn die Wirtin mit Namen Linda, dass er zum Mittagessen Rösti mit viel Speck und Käse aufgetischt bekomme. Als Nachtessen gebe es für ihn dann geräucherte Gebirgsseeforelle aus dem Fischweiher beim Felsmattenwasserfall und verschiedene Salate dazu.

Fridolin verschluckte sich beinahe, als er das hörte.

«Liebe Frau Linda, ich weiss gar nicht, ob ich genügend Geld bei mir habe, um das alles zu bezahlen.»

«Du brauchst nichts zu bezahlen, hübscher Fridolin, aber gar nichts. Du bist uns ein willkommener Gast.»

Er wollte schon aufbegehren. Aber die gute Linda wurde leicht energisch. Sie duldete diesbezüglich strikte keine Widerrede:

«Wir wollen kein Geld von dir, zumal hier in Obergebirgen das Geld eh wenig bis gar keine Bedeutung hat. Wir leben eigentlich geldlos glücklich.»

Das wird ja immer besser, dachte Fridolin verwundert und genoss das Frühstück in vollen Zügen. Als er fertig gegessen und getrunken hatte, stand er auf und verabschiedete sich von Linda mit den Worten:

«Dann geh ich mal ein wenig spazieren und die prächtige Gebirgsidylle geniessen.»

Er trottete gemächlich durchs Dorf und wurde dabei hin und wieder von Obergebirgerinnen gegrüsst. Sie waren im Garten vor ihrem Haus, eine putzte Fenster, eine andere war eben dabei, ihren Hennen und dem Gockel Futter zu streuen, eine ältere Frau sass auf einer Sitzbank vor ihrem Haus und klöppelte.

«Einen schönen Tag wünsch' ich dir, flotter junger Mann», bekam er des Öfteren zu Ohren.

Die Sonne schien, die Gebirgsbienen summten, die Hennen gackerten, aus verschiedenen Richtungen konnte man ab und zu die Ziegen meckern hören und aus der Ferne ein leises Rauschen des Wasserfalls. Über allem lag eine friedliche Ruhe und eine unbeschreibliche Stimmung, die das Herz mächtig erfreute.

Fridolin wanderte ohne Eile auf dem Weg, auf dem er gekommen war, zum Dorf hinaus. Dieser führte durch fette Gebirgswiesen voller farbenfreudiger Gebirgsblumen in Richtung Wasserfall. Dabei kam Fridolin auch an zwei kleinen Feldern mit Gebirgsgerste und Gebirgsroggen vorbei. Noch bevor er den nun bereits beachtlich rauschenden Wasserfall erreichte, gelangte er an einen malerischen kleinen See. Im See spiegelten sich die dahinter mächtig aufragenden Gebirgsfelsen, der Wasserfall und der daneben liegende Gebirgsföhrenwald. Er setzte sich auf eine Holzbank, die einladend am Ufer des Sees stand.

Fridolin schaute frohlockenden Herzens um sich. Er war von der wahrlich wahrhaftig beispiellosen Gebirgsidylle tief beeindruckt. Wie in einem Traum. Mit einem Seufzer holte er sich in die Realität zurück und dachte: Wie erkläre ich meinem Meister das Wegbleiben? Wie sage ich es meiner Pensionsmutter? Hier gibt es weder Post noch Telefon. Wie entschuldige ich mich, wenn ich für immer hier bleibe?

Seine Gedankengänge waren ein einziger Fragenwirrwarr ohne Antworten. Dabei spielte Fridolin tatsächlich mit der Idee, für immer in Obergebirgen zu bleiben.

«Heja, es ist ja so schön hier, und die Frauen sorgen doch so liebevoll für mich. Was will ich mehr?»

Von weitem hörte er entzückt das Kapellenglöckchen zwölf Uhr schlagen. Antworten auf seine Fragen hatte er noch keine gefunden, als er aufstand und Richtung Dorf zurückspazierte.

Im «Du Nord» genoss Fridloin das köstliche Mittagessen zufrieden schmatzend und ohne Eile. Dabei wurde er von der Wirtsfrau Linda, ihrer Tochter sowie einigen ebenfalls anwesenden, verschmitzt kichernden Obergebirgerinnen fortwährend beobachtet. Genauso wie am Abend zuvor beim Nachtessen.

Fridolin schlug sich den Bauch voll und trank dazu zwei Flaschen Gebirgsbachwasserbier. Nachdem er gemütlich gegessen und getrunken hatte, stand Fridolin auf mit den Worten:

«So, heute Nachmittag mache ich mal einen Rundgang um die gesamte Gebirgsterrasse herum.»

«Ja mach das, viel Vergnügen, flotter junger Mann», gaben die Frauen beinahe im Chor zur Antwort.

Fridolin genoss den wunderschönen Nachmittag in vollen Zügen. Er kam sich vor wie in eine Welt versetzt, in der es nur Ruhe, Schönheit und Frieden gab. In aufgeräumter und geradezu berauschter Stimmung kam er gegen Abend ins Wirtshaus zurück. Die beiden Frauen warteten schon mit dem köstlichen Mahl auf ihn.

Geräucherte Gebirgsseeforelle und gemischter Salat mit Enzianblüten dekoriert – eine bare Delikatesse. Dazu trank Fridolin eine Flasche Gebirgsbachwasserbier.

Der darauffolgende Abend verlief im gleichen Rahmen wie der Abend zuvor. Die Nacht auch.

Und so ging das nun Tag für Tag, Nacht für Nacht.

Er wurde von den lustigen Obergebirgerinnen in allen erdenklichen Variationen verwöhnt und verhätschelt. Dazu fütterten sie ihn, dass er sich bisweilen wie ein Mastschwein vorkam.

Eines Tages kam Fridolin auf einem Spaziergang zum kleinen Felswandwald an der Holzbank beim See vorbei. Er setzte sich, liess ein paar Seufzer von sich, schüttelte den Kopf und sagte sich:

«Fridolin, so geht das nicht mehr weiter.»

Seit bald drei Wochen war er nun dieser Rabauzerei, diesem ständigen nächtlichen Hossaren und Hossieren ausgesetzt. Anfangs hatte er es genossen. Aber langsam hatte er genug von diesen andauernden, nächtlichen Rammeleien.

Zeitweilig sehnte er sich sogar an seinen Arbeitsplatz zurück, wo er als Staubsaugerschlauchschraubenschleifer tätig gewesen war.

Fridolin überlegte krampfhaft und leicht verzweifelt, wie und auf welchem Wege er sich heimlich davonschleichen könnte.

«Vorne runter, da läuft gar nichts. Es bleibt mir also nur der Aufstieg, dorthin zurück, wo ich hergekommen bin», kam er zum Schluss.

Er resümierte kurzerhand, dass er es einfach mal versuchen sollte. Allenfalls könne er, wenn er am Morgen zeitig aufbrechen würde, immer noch nach Obergebirgen zurück – falls er den Weg, auf dem er hergekommen war, nicht finden würde.

So beschloss er, sich am folgenden Tag auf Französisch

zu verabschieden. Zuvor wartete aber noch eine weitere anstrengende Nacht auf ihn. Gerade so, als ob die Obergebirgerinnen von seinem Vorhaben etwas ahnten, gaben sie einander die Klinke in die Hand.

Am folgenden Morgen erschien Fridolin innerlich total entschlossen zeitig zum Frühstück. Er futterte die ganze Frühstücksplatte ratzeputz weg. Danach verliess er das Wirtshaus, um, wie er sagte, einen kleinen Spaziergang zu machen, sich beim Bergsee hinten ein bisschen auf den Bauch zu legen und allenfalls ein paar Echoübungen gegen die Felswand zu schmettern.

Erst ging er gemächlich, aber je weiter er sich von den Häusern entfernte, desto schneller und grösser wurden seine Schritte. Die Felswand vor Augen begann er zu rennen, und dort angelangt, hetzte er den Felsenweg hinauf. Er war eben zum ersten Male hinter dem Wasserfall durchgeschritten, als er von unten hörte:

«Friiidoliiin, komm zurüüühüück!»

«… ückückückück», ertönte das Echo.

Da blickte er hinunter und sah, wie sich die Obergebirgerinnen ausgangs Dorf zu einem Halbkreis versammelt hatten. Alle schauten sie zu ihm hinauf, bildeten mit den Händen einen Trichter vor dem Mund und kreischten im Chor, was die Kehlen hergaben:

«Friiidoliiin, komm zurüüühüück!»

«… ückückückück.»

Fridolin dachte nicht im Geringsten daran umzukehren. Nein! Niemals und unter keinen Umständen wollte er sich noch einmal den zügellosen, nächtlichen Rammeleien aussetzen. Er eilte weiter und weiter, während von unten lautes Geheul und Wehklagen zu ihm herauf erschallte. Er erreichte ausser Atem die Krete, wo ihm das Alpenrotkehlchen aus dem Gebirgsbusch tröstend entgegenpfiff. Kein

Blick mehr nach unten und kein Blick nach hinten werfend, marschierte er dem Gebirgsbach entlang zurück, geradewegs dahin, wo er sich verirrt hatte und wo er hergekommen war.

Nach dem Sonnenstand schätzte er die Zeit auf etwa elf Uhr, als er endlich auf einen Gebirgswanderweg traf. Zuerst unschlüssig, welche Richtung er nun einschlagen solle, entschied er sich, die Wegrichtung zu wählen, die dem leichten Gefälle der vor ihm liegenden Hochebene folgte. Fridolin hatte richtig gewählt. Schon bald kam er in eine Gegend, deren Gebirgsformationen ihm bekannt erschienen, und nach einer Marschzeit von rund einer Stunde sah er in der Ferne, in einer Distanz von etwas mehr als einem Kilometer, ein Gebäude.

Hoffentlich ein Restaurant und die Bergstation einer Schwebebahn, dachte er und hoffte damit goldrichtig.

Er freute sich unheimlich und erhöhte, auch unter dem Befinden eines mächtigen Durstes, sein Marschtempo. Je näher er dem Gebäude kam, desto schneller wurde sein Schritt. Als er dann das Emailschild mit Bierreklame sah, rannte er wie gehetzt.

Die Stationsuhr der Seilbahn zeigte eben zwanzig nach zwölf, als er sich erschöpft auf der Aussichtsterrasse auf einen Stuhl setzte. Das Terrassenrestaurant war gut besetzt. Er bestellte ein kühles Bier. Das halbe Glas kippte er in einem Zuge die Kehle hinunter.

Aus den Lautsprechern erklang erhebende Alpenlandmusik vom Sender Radio Beromünster. Plötzlich wurde die Musik unterbrochen:

«Und hier eine Vermisstmeldung der Kantonspolizei Thun: Vermisst wird seit achtzehn Tagen Fridolin Krottenlochner, fünfundzwanzig Jahre alt, von normaler Statur, besonderes Kennzeichen ist eine riesige Warze auf seinem übergrossen Rüssel …»

Fridolin erschrak schrecklich, und die Kellnerin, die gerade mit einem Tagesmenü «Kaninchenragout, Polenta und viel Sauce» an ihm vorbeiging, liess den Teller fallen. Die ganze Herrlichkeit am Boden. Sie starrte perplex auf die Warze, die Fridolins mächtigen Zinken schmückte, und stammelte:

«Dadadadas sind ja Sie!»

«Ja, das bin ich», gab Fridolin erst zaghaft von sich, um darauf jauchzend aufzuspringen, mit den Armen in der Luft herumzufuchteln und auf der Terrasse auf und nieder zu hopsen. Dazu johlte er ununterbrochen und wie von Sinnen lauthals vor sich hin:

«Das bin ich, ich bin das, mein Name ist Fridolin Krottenlochner, ja ich bin der Vermisste, ich, ja ich …!»

Mit einem Mal liess er sich auf einen Stuhl fallen, um sogleich von einem fürchterlichen Weinkrampf durchgeschüttelt zu werden. Fridolin war fix und fertig, seelisch wie körperlich total geschafft.

Die Kellnerin setzte sich zu ihm hin und versuchte ihn zu trösten. Das gelang ihr mehr als gut. Als Fridolin sich nach einiger Zeit von seinem Nervenzusammenbruch und den vorangegangenen Strapazen bestens erholt hatte, war er des Öfteren auf jener Aussichtsterrasse anzutreffen. Da schäkerte und flirtete er frohgemut mit der Kellnerin. Vroni war ihr Name.

Fridolin erzählte keinem Menschen von seinen Erlebnissen in Obergebirgen. Auch Vroni nicht. Nicht ein Wort. Wenn man ihn danach fragte, wo er denn die ganzen zwei Wochen gesteckt habe, antwortete er:

«Ich habe den Weg komplett verloren und bin herumgeirrt. Ernährt habe ich mich von allerlei Gebirgsbeeren und Gebirgspilzen. Getrunken habe ich Gebirgsbachwasser.»

Zweiundzwanzig Jahre später …

Vom tiefen Tale drunten komm ich her
Vor mir ein herrlich Alpenblumenmeer
Geniess' ich reine, holde Wunderpracht
Mein Herz das hüpft, mein Herz das lacht

Holldriaaa, ich bin so froooh
Holldriaaa und holldriooo

So sang der weltberühmte Konzertpianist Peter Inderhauser auf der Jagd nach geschützten Bergsommervögeln für seine einfältige Sammlung von seltenen Flugkäfern und anderen Fluginsekten. Zuhause hatte er schon mehrere Schaukästen mit seltenen Prachtstücken gefüllt, dieselben alle schön mit Nadeln aufgespiesst.

Zwischendurch unterbrach Peter seinen Gebirgsgesang, um auf Gebirgsrauschpilzen herumzukauen, die er selber gefunden und getrocknet hatte.

Voll in eine innere Zufriedenheit versunken und gegen den Horizont marschierend, bemerkte er nicht, wie er vom Weg abkam. Unverhofft … – Sie wissen schon, die unglaubliche Geschichte wiederholte sich.

Aus den Doppeldeckern waren in der Zwischenzeit zwei noch lärmigere, ebenfalls tarnfarbige Flugzeuge geworden. Vampire hiessen sie, die ersten Düsenjets, mit denen die Eidgenössische Schweizer Armee im Gebirge mit Bartgeiern und Steinadlern wetteiferte.

Peter schüttelte aufgebracht den Kopf über den Saulärm, der die Gebirgsstille entjungferte, und verirrte sich wohl mehr aus Ärger als aus Unkenntnis der Geografie. Als Pianist und Schöngeist hatte er überhaupt kein Verständnis für solch brachiale Geräusche.

Er landete wie Fridolin seinerzeit in Obergebirgen. Rein äusserlich hatte sich im und um das Dorf nichts verändert. Peter sah all das, was Fridolin damals auch gesehen hatte. Allerdings, auf dem Dorfplatz waren keine Kinder, die «Himmel und Hölle» spielten. Es sah überhaupt keine Kinder. Aber ansonsten eben alles wie damals auch. Immer noch dieselben Holzhäuser mit Kapelle und immer noch dasselbe vergilbte Schild «Restaurant du Nord» am grössten Haus beim Dorfplatz.

Peter erreichte den Dorfplatz. Das vergilbte Schild stach auch ihm sofort in die Augen. Unter dem Einfluss seines gewaltigen Durstes fackelte er nicht lange und begab sich ohne Zögern und eiligen Schrittes in das Wirtshaus. Es wiederholte sich auch hier die Geschichte. Peter bestellte eine Flasche kühles Gebirgsbachwasserbier, er bekam zu essen, andauernd wurde er angeredet mit «Hübscher, flotter Mann».

Wie damals bei Fridolin kamen nach und nach Frauen um Frauen in die Gaststube. Sie setzten sich an die Tische, tuschelten, schäkerten, kicherten fortwährend und pufften sich gelegentlich mit den Ellbogen. Dabei waren ihre Blicke ständig auf Peter gerichtet. Alles wie ehemals mit dem lieben, flotten Fridolin.

Drei Frauen um die fünfunddreissig, vermutlich Drillinge, fielen ihm besonders auf. Denn nur diese drei hatten strohblonde, lange Zöpfe. Alle andern Frauen hatten pechschwarze Haare.

Etliche Frauen, alle um die zwanzig, waren mit einem mächtigen Riechorgan ausgestattet. Mitten auf demselben thronte eine Warze, beinahe so gross wie eine Fingerbeere. Auch die Tochter der Wirtin hatte eine solche Nase. Die Frauen glichen einander aufs Haar, ja, sie sahen aus wie geklont. Das machte auf Peter einen leicht unheimlichen Eindruck.

Peter sprach die Wirtin interessiert, aber diskret, beinahe

flüsternd darauf an. Dieselbe verfiel in ein herzliches Kichern und wiederholte Peters Frage für alle hörbar:

«Der hübsche junge Mann fragt mich, warum einige von euch einen grossen Zinken haben», sagte sie und stimmte damit ein heiteres Gelächter in der Runde an.

Zugleich bekamen die Wirtin wie auch einige ältere Frauen einen leichten Glanz in den Augen. Ein Hauch von Sehnsucht lag in der Luft. In den Herzen der Frauen kamen entzückende Erinnerungen hoch an den schönen Tag, als der hübsche Fridolin vom Berg herab gekommen und in ihr Leben getreten war.

«Das ist eine Geschichte für sich. Wir werden sie dir gerne ein anderes Mal erzählen. Fühle dich nun zuerst einfach mal wohl bei uns.»

Peter hob eine Hand, um noch einmal eine Flasche Bier zu bestellen. Da platzte es aus der Wirtin heraus:

«Jesus und Maria, du hast ja sechs Finger an der rechten Hand, hübscher junger Mann.»

«Nicht nur an der rechten, liebe Frau, auch an der linken Hand habe ich sechs Finger, und an beiden Füssen habe ich je sechs Zehen», gab Peter stolz zur Antwort, und um seine Aussage zu unterstreichen, hielt er seine beiden Hände mit ausgestreckten Fingern in die Luft.

«Man nennt mich deshalb auch den Zwölffingerpianisten», liess Peter verlauten, um gleich fortzufahren:

«Ich gebe Konzerte auf der ganzen grossen, weiten Welt, in ausnahmslos bis auf den letzten Platz gefüllten Sälen. Mit meinen zwanzig Prozent mehr Fingern als die Konkurrenz kann ich die meisten Pianokompositionen weit virtuoser und schneller spielen als diese.»

Nach einem mehrstimmig ertönenden, fette Bewunderung manifestierenden «Hoioioioioioioioi» war die heimelige Gaststube unvermittelt erfüllt von angeregtem Raunen und eifrigem Gemurmel.

Auch Peter bekam ein Nachtlager im Backhäuschen. Die Türe quietschte immer noch.

Ebenso wie Fridolin damals hetzte auch der flotte Peter nach achtzehn langen und anstrengenden Nächten im Karacho flüchtend den Gebirgsweg in der Felswand hinauf, um so schnell wie möglich von diesem Ort des unaufhörlichen Treibens wegzukommen.

Neun Monate später wurde Obergebirgen von einer veritablen Geburtswelle überrollt. Alles hübsche Mädchen. Die neuen Erdenbürgerinnen hatten samt und sonders je zwölf Finger und zwölf Zehen.

Zweiundzwanzig Jahre später …

Adler, Gämse, Murmeltier
Und andre Tiere treff' ich hier
Anstatt gemütlich Pilze suchen
Muss ich über Bomber fluchen

Holldriaaa, ich bin so frooh
Holldriaaa und holldriooo

So sang Heiri aus voller Kehle, wandernd unterwegs auf der Suche nach Gebirgsrauschpilzen, die er an seiner gewohnt schrägen Weihnachtsparty mit seinen Freunden verköstigen wollte.

Unverhofft erschrak Heiri heillos ob einem urplötzlich aufkommenden, tosenden Höllenlärm. Es schossen einige Düsenflugzeuge F/A-18 der Swiss Army über seinen Kopf hinweg. Die Jagdbomber hatten den Auftrag, das Gebirge nach fiktiven Aggressoren abzusuchen. Er ärgerte sich kurz und heftig darüber, immer noch mit dem Schrecken in den Knochen:

«Unglaublich, die Steuergelder, die da wieder sinnlos in der Luft verpulvert werden.»

Und laut schrie er den Düsenjägern nach:
«Arschlöcher, Chefarschlöcher, Vollidioten, verdammte!»
Leicht schnaubend setzte er seine Wanderung fort, um sich zugleich wieder zu beruhigen.

Auf der schönen Gebirgswiese mit einem Meer von prächtig blühenden Gebirgsblumen angelangt, setzte er sich nieder, um die vor ihm liegende Herrlichkeit zu verinnerlichen und in seine Seele aufzunehmen. Dazu stopfte er sich eine kleine Pfeife mit getrockneten Gebirgsrauschpilzen, die er morgens in seinen Rucksack gepackt hatte.

Wohl etwas benebelt verlor er den Weg und landete nach längerem Herumirren letztendlich in Obergebirgen.

Mit ausgetrockneter Kehle erreichte er den Dorfplatz von Obergebirgen. Im Vorbeigehen wurde er von schwatzenden Frauen herzlich begrüsst. Einige hatten einen mächtigen Zinken im Gesicht. Ansonsten sahen sie alle gleich aus. Wie aus einem Guss.

Zum Gruss hielten sie winkend ihre Hände in die Höhe:
«Grüss dich, du schöner, kräftiger junger Mann!»
Potz Tausend, da hat es welche mit zu vielen Fingern an den Händen, dachte Heiri.

Als er das Schild «Restaurant du Nord» wahrnahm, begann sein Herz zu hüpfen, und er stieg eilig die Treppe hoch und betrat die heimelige Wirtsstube. Aus lauter Vorfreude auf einen kühlen, erfrischenden Schluck leckte er sich mit der Zunge über die Lippen. Von der Wirtin und ihrer Tochter wurde er herzlich begrüsst:
«Guten Tag, du schöner Wandersmann!»
Heiri grüsste freundlich zurück und setzte sich. Er bestellte erwartungsvoll eine Flasche Bier.

Die Wirtin stellte ein dickwandiges Glas und eine kühle Flasche mit einem alt hergebrachten Bügelverschluss vor Heiri auf den Tisch.

«Sehr zum Wohl, hübscher junger Mann!»

Heiri öffnete die Flasche geradezu feierlich und respektvoll mit einem gedämpften Knall, goss Bier ins Glas und setzte an, seinen Saudurst zu löschen.

«Herrgott noch mal, ist das herrlich. Das ist mir noch ein Bier. Sensationell! Nicht so wie das lahme, globalisierte Einheitsbier bei uns zuhause. Wirklich phantastisch, dieses Gebirgsbachwasserbier», lobte Heiri genüsslich.

Die Wirtin brachte ihm unaufgefordert einen Teller voller Köstlichkeiten: Schinken, Speck, aufgeschnittene Würste, Käse und selbst gebackenes, vorzügliches Brot:

«Du hast sicher Hunger, hübscher junger Mann.»

So war es! – Heiri genoss die Leckerbissen und hatte bisweilen das Gefühl, als wenn das Rad der Zeit um viele Jahre zurückgedreht worden wäre. Seine ihn mehr oder weniger stets verfolgenden Sorgen waren wie weggeblasen.

Auch die Wirtin hatte einen gewaltigen Rüssel im Gesicht. Und wie Heiri verstohlen bemerkte, hatte ihre Tochter sechs Finger an jeder Hand.

Ebenso die nach und nach erscheinenden und sich in die Wirtsstube setzenden Obergebirgerinnen. Alle waren sie gleich ausgerüstet. Die Älteren mit einem grossen Riechorgan, die Jüngeren mit sechs Fingern an jeder Hand. Wie geklont. Aus der Reihe schlugen nur drei ältere Blondinen und zwei noch ältere Frauen.

Was soll's! Das sind vielleicht die Folgen von über Jahre hinweg andauernd ausgeübter Inzucht. Wäre ja nicht eben verwunderlich bei dieser Abgeschiedenheit, dachte Heiri und bestellte ein weiteres Gebirgsbachwasserbier.

Im Verlaufe des Abends erfuhr er, wie sich die Geschichte wahrlich, wahrhaftig, tatsächlich zugetragen hatte.

Die Türe quietschte nach wie vor.

Zweiundzwanzig Jahre später ...

Scheiss drauf, Mann, das Leben verschissen
Gerade gut zum Drüberpissen
Drum stürz ich mich nun gar nicht munter
Voll vom hohen Berg hinunter

Holladriaaa oh holldriooo
Holladrriaaa, ich bin nicht froh

So krähte Luca zum Hals hinaus, als er auf der Suche nach dem ewigen Frieden auf der Gebirgsebene unterwegs war. Eigentlich hatte er im Sinn, sich irgendwo an geeigneter Stelle eine Felswand hinunterzustürzen. Denn sein Arzt hatte ihm vor drei Tagen eröffnet, dass er an einer hoch ansteckenden, innerhalb von ein paar Wochen tödlich verlaufenden Vireninfektion erkrankt sei. Dieselbe würde vor allem bei jeglichem Geschlechtsverkehr unwiderruflich und ultimativ weitergereicht, hat ihm der Arzt erläutert. Sie sei wegen der enormen Aggressivität nicht zu vergleichen mit dem von früher her bekannten Aids-Virus. Mit der Medikamentenforschung komme man immer einen Schritt zu spät, da die Killerviren ständig mutierten und mit jeder Mutation aggressiver würden.

Luca – unaufmerksam und in allerlei dunkle Gedanken ausschweifend – verlor den Weg und verirrte sich auf der weitläufigen Gebirgsblumenwiese.

Über seinen Kopf flog eben eine Aufklärungsdrohne der Swiss Army Bureau of Investigation (SABI) hinweg. Die Drohne wurde langsamer und näherte sich Luca. Plötzlich meldete sich eine Computerstimme:

«Wer-sind-sie? Was-ma-chen-sie-hier?»

Luca antwortete salopp:

«Ich bin Wilhelm Tell und suche die Hohle Gasse.»

«Geht-in-ord-nung, hal-ten-sie-sich an-die-weg-wei-ser!»

Luca setzte einen drauf:

«Mann, scheiss drauf! Lass mich in Ruhe! Scheiss SABI!»

«Geht-in-ord-nung.»

Er kam an den Grat, wo die Gebirgswiese an der beinahe zweihundert Meter abstürzenden Felswand endete. Als Erstes dachte Luca: Mann, das wäre eigentlich eine oberprächtige Stelle, um sich hinunterzustürzen.

Er gewahrte auf der in leichtem Dunst unter ihm liegenden, idyllischen Gebirgsterrasse ein gefälliges Dörfchen und verspürte sogleich einen zünftigen Durst.

Scheiss drauf, Mann!, dachte Luca. Wer weiss, vielleicht hat es gar in diesem Kaff da unten ein Haus, wo ich meinen enormen Durst löschen kann. Die Felswände laufen mir ja nicht davon. Zudem habe ich ja noch einen Beutel voller Gebirgsrauschpilze in meinem Rucksack. Bevor ich irgendwo runterspringe, werden die noch genosssen.

So machte sich Luca auf den Weg und stieg entlang der Felswand zur Gebirgsterrasse hinunter. Dort angelangt, spazierte er gemütlich über die wunderschöne Gebirgsblumenwiese Richtung Dorf. Bald einmal erblickte er von weitem das Wirtshausschild. Seine Schritte wurden schneller. Die ihn unterwegs grüssenden Frauen nahm er nur nebenbei wahr. Sein Ziel war in erster Sicht das Wirtshaus und dort eine oder mehrere Flaschen Bier.

Nachdem er halbwegs über den Dorfplatz gerannt und beim Wirtshaus die drei Tritte hochgeschritten und eingetreten war, hatte sich Luca noch nicht richtig gesetzt, als ihn die Wirtin begrüsste und fragte:

«Grüss dich, schöner junger Mann! Du kommst wohl von weit her und hast sicher Durst. Was darf ich dir bringen?»

«Eine Flasche Bier.»

Die Wirtin hatte das dickwandige, wohl sehr alte Glas und die Flasche kaum hingestellt, als Luca sofort die Flasche ergriff, öffnete und ansetzte. Er leerte eine Pfütze voll in sich hinein und rülpste erleichtert:

«Mann, ist das ein Bier, ein vorzügliches Bier.»

«Selber gebraut mit Obergebirgener Gebirgsbachwasser», erläuterte die Wirtin.

Luca genoss den köstlichen Trunk kolossal, Schluck für Schluck. In seinem Innern regten sich freudige Gedanken: Unglaubbar, dieses herrliche Gebirgsbachwasserbier. Da widerfährt mir zum Abschluss meines gänzlich missratenen Lebens doch noch ein wenig Glück.

Völlig abwesend und in Gedanken versunken schrak er auf, als eine jüngere Frau – wohl die Tochter der Wirtin – einen mit allerlei Köstlichkeiten belegten Teller vor ihn hinstellte und sagte:

«Du hast sicher Hunger, hübscher junger Mann.»

Luca war sprachlos und dachte: Bin ich da gar im Paradies gelandet?

Der Abend verging, das volle Programm, wie gehabt. Luca hatte mehrere Flaschen Bier gebechert und ein paar Enzian den Hals hinuntergeschüttet.

Zum Abschluss die übliche Prozession zum Backhäuschen hinüber und die allseitigen Wünsche, er möge eine gute Nacht haben.

Luca setzte sich überaus glücklich auf das für ihn liebevoll zubereitete Nachtlager und stopfte sich eine Pfeife mit einer üppigen Portion gedörrter Gebirgsrauschpilze aus seinem Rucksack.

Verträumt vor sich hin sinnierend, rauchte er die Stopfung bis auf den Pfeifenboden runter. Danach legte er sich hin. Glücklich, zufrieden und ordentlich berauscht versank Luca in einen tiefen, tiefen Schlaf.

Die Türe quietschte nach wie vor.

Als er am Morgen danach langsam aufwachte, musste Luca erst mal seine völlig queren Gedanken sortieren. Er glaubte gar, im Kopf leicht wirr zu sein. Was war denn das für ein unglaublicher Traum, der mich die ganze Nacht über auf Trab gehalten hat?, dachte er.

Er stellte Vermutungen an. Ob es mit seiner Krankheit zu tun hatte? Oder ob er eventuell zu viele Gebirgsrauschpilze in die Pfeife gestopft hatte? Oder war es die Kombination aus Enzian, Gebirgsbachwasserbier und Rauschpilzen?

Luca fand keine Erklärungen auf seine Fragen. Wie auch immer, der Traum ist ja eigentlich ganz toll gewesen, sagt er sich.

Luca genoss Tag für Tag. Er trank Gebirgsbachwasserbier und ab und zu einen Enzian und schmatzte all die ihm liebevoll aufgetischten Köstlichkeiten. Tagsüber ging er spazieren. Vor dem Schlafengehen stopfte er sich jeden Abend eine anständige Portion Gebirgsrauschpilze in seine Pfeife, um diese tief inhalierend zu rauchen. Danach verfiel er jeweils in einen tiefen, tiefen Schlaf und träumte Nacht für Nacht die gleichen Träume.

Doch obwohl Luca immer abwechslungsreich und stets mehr als üppig zu futtern bekam, wurde er jeden Tag etwas dünner und ein klein wenig schwächer. Nicht ganz vier Wochen, nachdem er die Felswand heruntergestiegen war, wachte er eines Morgens nicht mehr aus seinen paradiesischen Träumen auf.

Es vergingen wenige Wochen, bis die Obergebirgerinnen verwundert bemerken mussten, dass auch sie, eine wie die andere, jeden Tag etwas dünner wurden.

05

Verwandtschaftschaos

«Nein, oh mein liebes Vroni, wir können nicht heiraten, weil wir Geschwister sind, du bist meine Schwester, und ich bin dein Bruder.»

«Ach wo, lieber Toni, sie sagten immer, sie hätten dich als kleines, alleinziges und heimlich ausgesetztes Findelkind aufgenommen und mein Vater habe dich adoptiert, als er meine Mutter geheiratet hat. Klar sind wir zusammen wie Bruder und Schwester, aber da du adoptiert bist, sind wir es nicht wirklich.»

«Oh doch, liebstes Vroni, denn mein wirklicher Vater ist der Schwiegervater deines Vaters, und ich bin genau genommen nicht nur der Adoptivsohn, sondern auch noch der Schwager deines Vaters.»

«Aber der Schwiegervater meines Vaters ist doch mein Grossvater und andererseits dein Stiefgrossvater.»

«Nein, dein Grossvater ist nicht nur mein Stiefgrossvater, er ist wahrhaftig auch mein richtiger Vater. Deine Mutter ist väterlicherseits meine Schwester.»

«Du bringst mich noch völlig durcheinander. Und meine Grossmutter ist demnach deine Mutter?»

«Nein, oh allerliebstes Vroni, deine Grossmutter ist meine Stiefgrossmutter, oder meine Tante, ich weiss das nicht so genau. Es ist so kompliziert. – Auf jeden Fall befahlen sie mir, deine Grossmutter strikte mit ‹Tante› anzusprechen. Und nie wollten sie mir richtig erklären, wie es sich nun wirklich verhält.»

Toni hielt kurz inne, dann seufzte er:

«Oh nein, oh nein, es ist so traurig», und er fuhr fort: «Immer, wenn ich mal danach fragte, wurden sie barsch und meinten, ich solle mir diese ewige, dumme, störrische Fragerei endlich aus dem Kopf schlagen. Aus diesem Grund hat mich mein sogenannter Grossvater auch mehrere Male – in wilder Rage und mit dick aufgeschwollener Jähzornsader auf seiner Stirn – gar übel verprügelt und mir mit rüden Schlägen und Fusstritten eingebläut, ich sei sowieso eine missratene Geburt und dem Teufel persönlich ab dem Karren gefallen.»

Toni wurde, während er erzählte, von elender Einsamkeit überwältigt, und seine Augen füllten sich mit jedem Wort mehr mit Tränen. Er kam sich eh immer verschupft vor. Man gab ihm auch zu jeder Zeit das Gefühl, dass es besser wäre, wenn er gar nicht existieren würde.

«Ach, mein ärmster, lieber Toni, du musst doch deshalb nicht weinen. Wir haben ja einander, und das allein zählt heute für uns beide. – Trotzdem: Wenn meine Grossmutter deine Tante wäre, wäre sie die Schwester meiner Mutter.»
«Ach was! Deine Grossmutter ist die Mutter deiner Mutter und eigentlich auch meine Grossmutter.»
«Jetzt hast du aber gerade erklärt, meine Grossmutter sei deine Stiefmutter.»
«Ja, Stiefmutter auch, väterlicherseits. Doch sie wollten, wie schon gesagt, alle, dass ich sie mit ‹Tante› anrede – und dein Grossvater ist mein Vater.»
«Also, alles klar! Dann ist die Frau meines Grossvaters auch deine Mutter, aber nicht deine Tante; und du wärst mein Onkel?»
«Ja und nein – überlege doch mal: Deine Grossmutter ist meine Stiefmutter, aber auch meine Grossmutter, und deine Mutter ist väterlicherseits meine Schwester, und die Tochter meiner Stiefmutter ist meine Mutter. In Wirklich-

keit ist nämlich meine Stiefmutter, zu der ich ‹Tante› sagen musste, auch meine Grossmutter, mütterlicherseits.»

«Jetzt bin ich total verwirrt. Sag mal, Toni, was bist du jetzt, adoptiert, Sohn, Bruder, Onkel, Schwager, Stiefsohn oder was? Bitte, mein liebster Toni, sag es mir!»

«Ach Vroni, ich kann nicht. Ich schäme mich so!»

«Du brauchst dich vor mir doch nicht zu schämen, komm lieber Toni, sag es mir. Was bist du nun wirklich?»

«Inzucht bin ich, ganz einfach Inzucht. Unser Grossvater ist mein Vater, meine Schwester ist unsere Mutter, und ich bin der Bruder der Tochter deiner Mutter. Das heisst, ganz genau bin ich der Sohn meiner Schwester, aber auch der Sohn meines Grossvaters – wenn man es mütterlicherseits betrachtet. Wenn man es väterlicherseits betrachtet, ist der Grossvater mein Vater und meine Mutter die Schwester.»

Völlig verunsichert wurde Vroni von einer zermürbenden Spannung wegen dem für sie unverständlichen Durcheinander befallen. In ihrem Kopf schwirrte und rotierte es so, dass es ihr schwindlig wurde:

«Toni, oh Toni, das ist unbeschreiblich kompliziert. Wenn ich das richtig verstehe, wärst du also so etwas wie mein Bruderonkel oder mein Onkelsbruder. Dann wären wir so nahe verwandt miteinander, dass wir echt gar nicht heiraten dürften.»

«Das sage ich ja eh schon lange, Vroni, eh schon lange sage ich das. Niemals können wir heiraten. Nicht nur verwandt sind wir miteinander, mehr noch, ich bin mütterlicherseits dein Bruder, aber väterlicherseits zugleich auch noch dein Onkel.»

«Woher willst du denn das jetzt alles plötzlich wissen?»

«Unsere Mutter, also väterlicherseits meine Halbschwester, hat es mir letzten Donnerstag erzählt, nachdem sie beobachtet hat, wie du und ich einander hinter dem Kaninchenstall geküsst haben. Sie befahl mir danach aufgebracht, ja zornig, ich solle dich nie mehr küssen, nie mehr! – Ich fragte sie warum und beichtete ihr im gleichen Atemzug, dass wir uns unsäglich lieben würden. Darauf erschrak sie unwahrscheinlich, hielt sich schwer atmend die Hände vors Gesicht.

‹Jesus und Maria, hilf mir Gott im Himmel!›, wiederholte sie mehrmals in völliger Verzweiflung, ihre Augen füllten sich mit Tränen, und nach langem Zögern offenbarte sie mir die volle, die ganze wahrlich wahrhaftige Wahrheit.»

Toni hielt inne und musste tief Luft holen. Dazu schüttelte er ununterbrochen den Kopf, weil er die schmerzliche Wahrheit nicht begreifen wollte, ja einfach nicht konnte. Auch weil ihn die unerträgliche Geschichte total überforderte.

«Oh Vroni, ich fiel aus allen Wolken. Der Himmel brach über mir zusammen», gab Toni gänzlich aufgelöst und heftig schluchzend von sich, einem Weinkrampf nahe, und elend heulend stammelte er:

«Oh Vroni, ich bin so unglücklich, ich liebe dich, du liebstes, allerliebstes Vroni.»

«Mein Gott, Toni, das ist ja nicht zu glauben. Jesus und Maria, was soll ich denn nun machen, Toni?»

«Oh Vroni, ich weiss es nicht – abtreiben! Was sonst? Es ist schon jetzt verzwickt genug. Stell dir vor, mein Vater, also unser Grossvater, wäre zugleich auch der Grossvater und Urgrossvater unseres Kindes; und deine Mutter wäre die Grossmutter und zugleich Tante oder was. – Und ich? Ich wäre der Grossonkel, der Onkel und der Vater in einem. Nicht genug, Vroni, nicht genug: Deine Grossmutter wäre die Urgrossmutter, die Stiefgrossmutter und die Grossmutter in einer Person, und dein Vater der Grossvater, Stiefgrossvater und auch noch Onkel.»

Vroni sprach halb zu sich selber, mit unsicherer Stimme und kurz vor dem Losheulen:

«Das darf doch alles nicht wahr sein! Oh Toni, das ist doch nicht möglich. Ich kann das nicht glauben.»

Sie sassen nebeneinander auf dem Aussichtsbänklein, verwirrt im Kopf, überfordert und voll von Gefühlen der Ratlosigkeit – voll von Kummer, dazu hilflos, traurig, auch etwas zornig. Toni auf seinen Grossvater, der zugleich auch sein Vater war, sowie auf seine böse Tante oder wie immer sie genannt sein wollte. Vroni ganz wenig auf Toni. Vor allem aber kochte in ihr ein heiliger Zorn auf ihren Grossvater, den widerlichen alten, scheinheiligen Saubock, der hemmungslos seine eigene Tochter geschwängert hatte; aber auch auf ihre Mutter, die durch ihr Schweigen ihren Vater schützte, und die ihr die widerwärtige Wahrheit über all die Jahre hinweg verheimlicht hatte. Eigentlich galt ihr Zorn der gesamten, verlogenen Sippe.

Vroni wurde es aus heiterem Himmel speiübel, und sie kotzte vor sich auf den Boden. Als sie fertig gereihert hatte, lag das schöne Mittagessen vor ihr, das in gewohnt geheuchelter, sonntäglicher Familieneintracht eingenommen worden war, und zwar lag es da in der zur genossenen Einnahme entgegengesetzten Reihenfolge: Ganz unten das Stück Schwarzwäldertorte, darüber die Tomatenspaghetti gemischt mit paniertem Schnitzel und gedämpftem Blattspinat, alles gut durchgekaut, gekrönt von einer kleinen Portion Brüsseler Endivie sowie breiartig getränkt von Salatsauce, ein wenig Rotwein, Kaffee, Magensaft und Galle. – Ein Sauhaufen, der Vronis plötzliches Elend und ihren himmeltraurigen, erbärmlichen Seelenzustand widerspiegelte. Sie hatte auch den Eindruck, ihre verwandtschaftlichen Verhältnisse vor sich liegen zu haben. Sie kam sich selber vor wie Kotze.

Vroni wurde abrupt von einem schrecklichen Weinkrampf heftig durchgeschüttelt. Ein lauthals schluchzendes und bemitleidenswertes Häuflein Mensch. Hoffnungslos und völlig ratlos, unverhofft aller schönen Zukunftsträume, aller euphorischen Illusionen beraubt.

Elend traurig.

Im Westen sank die Sonne am Horizont in eine Schlucht hinunter.

Vroni und Toni verschwanden übrigens kurze Zeit danach bei Nacht und Nebel. Niemand wusste wohin. Ich aber habe aus zuverlässiger Quelle erfahren, sie hätten sich nach Mallorca abgesetzt, wo sich beide erst in einer nahe beim Strand gelegenen Besäufniskneipe als Servierhilfen betätigt haben sollen. Vor der Kneipe sei ein Schild gestanden, worauf geschrieben gewesen sei: «Hier sprechen Schwizerdoitsch».

Später sollen sie sogar eine eigene Bar mit dem Namen «Caramba» eröffnet haben. – Ihr gemeinsamer Sohn Carlos soll später zur See gegangen sein und in jedem Hafen auf dieser unserer Erde eine Braut gehabt haben, von Hamburg bis Hawaii, von Rio bis Schanghai, von Hongkong bis Genua, von Pingpong bis Padua, ja einfach überall.

06

Ueli und seine Freunde

Wenn Ueli mit seiner hohen, im Hals kratzenden Stimme in konstanter Tonlage und ebensolcher Lautstärke drauflos redete, war das Wort für Wort einem geradezu eintönigen Geleier gleich. Hätte man die Tonalität seines Geschwätzes grafisch darstellen müssen, wäre ein schnurgerader Strich resultiert. Es gab keine Betonungen, kein Auf und Ab, kein lauter oder leiser, präzise ausgedrückt einfach eine stets gleichklingende, für ein ausgewachsenes Mannsbild eine Spur zu hohe Stimme ohne jegliche tonalen Nuancen.

Ueli war immer guter Laune, fröhlich und aufgeräumt. Vielleicht eben aus dem ganz einfachen Grund, weil Ueli von seinem Stimmorgan her gar nicht in der Lage war, leise zu drohen, laut zu poltern oder gar zu schreien oder zu brüllen. Somit hatte er keine Möglichkeit, mit seiner monotonen, hohen und kratzenden Stimme irgendwelche Gemütsverfassungen mit variierenden Tonlagen untermalend zu manifestieren.

Jeden Abend war Ueli im Restaurant «Heimat» anzutreffen, ausgenommen sonntags, da war die «Heimat» geschlossen. Wenn er da am Stammtisch sass, hänselten ihn seine Stammtischkollegen andauernd:

«Hee, Ueli, Eunuchen quieken auch so wie du.»

«Ueli, wann bekommst du endlich den Stimmbruch?»

«Ueli, sag mal ehrlich, hat der liebe Gott bei dir den Sack vergessen?»

Solche, aber auch andere einfältig plumpen, beleidigenden Sprüche mit anschliessendem ordinärem, ja schallendem und geiferndem Gelächter, alles hämisch begleitet von ausgelassenem Auf-den-Tisch-Klopfen, bekam er immer wieder zu hören.

Ueli lachte meistens mit, laut, beinahe ein Stück zu laut, um glaubhaft zu wirken. Dabei kam sein «Höhöhöhöhö» eher einem Gluckern einer fetten Truthenne gleich als dem Lachen eines ausgewachsenen Mannes. Ueli war sechsundzwanzig Jahre alt, von Beruf diplomierter Servicemonteur und als solcher auf Waschmaschinenreparaturen spezialisiert.

Sie meinen es ja nicht so, entschuldigte er in Gedanken das primitive Frotzeln seiner Stammtischkollegen – seiner Freunde. Glaubte er.

Nur manchmal, wenn er zu viel getrunken hatte, und das war zu vorgerückter Stunde ausser sonntags beinahe allabendlich der Fall, bekam er jeweils ein wenig Augenwasser. Er lachte aber trotzdem wacker mit, wenn seine sogenannten Freunde wiederholt mit gemeinen Hänseleien am Stammtisch lautes Grölen und höhnisches Gelächter auslösten, indem sie mit den immer gleichen, saublöden Sprüchen Ueli lächerlich machten.

«Mir kommen vor Lachen die Tränen», leugnete er.

Ueli war wahrlich und wahrhaftig ein echter Weltmeister im Verdrängen.

Die hübsche Kellnerin Rosalie beobachtete die Runde schon seit längerem und spürte dabei in ihrem Herzen, dass Uelis Tränen wohl aus anderen Gründen ausgelöst wurden als allein durch spassiges Lachen.

«Jetzt lasst doch endlich dieses ewige Hänseln und Am-Ueli-herum-Mosern. Was hat er euch getan, dass ihr ständig an ihm herumnörgeln müsst?», massregelte Rosalie die Runde eines Tages.

«Lass nur Rosalie, sie meinen es ja nicht so. Es sind doch meine Freunde!», versuchte Ueli die aufgebrachte Serviererin zu beruhigen.

Er konnte Rosalie mit seinen Worten allerdings nicht überzeugen. Sie zweifelte mehr als genug daran, hier eine Runde von Freunden von Ueli vor sich zu haben. Sie hatte Mitleid mit ihm. Er war ja eigentlich ein liebenswerter, feiner Kerl.

Rosalies Gefühle täuschten sie nicht. Denn wenn Ueli nach der Polizeistunde vom Wirtshausbesuch in seine winzige Einzimmerwohnung im Dachstock über dem Feuerwehrhäuschen zurückkehrte und sich ins Bett legte, befiel ihn regelmässig Schwermut. Seine Seele weinte, und die Tränen kollerten in sein Kissen. Der andere Ueli in ihm aber versuchte tröstend auf ihn einzuwirken: Nicht weinen, Ueli, du hast doch ein schönes Leben, gute Freunde und überhaupt.

Sieger in diesem inneren Kampf von Trübsinn gegen Zuversicht war zu guter Letzt der Schlaf. Am nächsten Morgen, ausgeschlafen und auch die melancholisch einwirkenden Promille abgebaut, war für den gutmütigen Ueli partout wieder alles in bester Ordnung.

Das Restaurant «Heimat» gehörte einer alleinstehenden älteren Dame namens Berta Zumeggen, die sich Abend für Abend regelmässig punkt acht Uhr ins Bett legte und die Betreuung der Gäste ihrer zuverlässigen Serviererin Rosalie überliess. Berta Zumeggen hatte selber keine Kinder und liebte Rosalie, als ob diese ihre eigene Tochter gewesen wäre.

Es war an einem Mittwochabend. In der heimeligen Gaststube anwesend waren nur Rosalie, am Stammtisch mutterseelenallein der Ueli und im hinteren Teil drei angeregt diskutierende, holländische Wanderer, die sich mit Bier die Lampe füllten.

Seine Stammtischkollegen verbrachten den Abend zuhause vor dem Fernsehapparat. Es wurde der Final der Champions League übertragen, Manchester United spielte gegen den FC Zürich. Eine Affiche, die seit Wochen die Spalten der Zeitungen füllte und an allen Stammtischen des Landes viel zu reden gab. Vielerorts blieb die Arbeit liegen, weil über Fussball und den FC Zürich geplaudert wurde – kam es doch einer ungeheuren Sensation gleich, dass der FC Zürich auf mehr als überlegene Art den Final erreicht hatte. Auf dem Weg dahin hatte der weltmeisterliche FC Zürich, ja man höre und staune, nacheinander die SV Dynamo Gündishausen, Inter Mailand, den FC Liverpool, Bayern München und Real Madrid mit hohen Niederlagen gedeckelt vom Platz geschickt.

Ueli hatte kein Fernsehgerät in seinem Stübchen. Zudem sagte im Fussball eh nicht allzu viel. So sass Ueli eben wie jeden Abend in der «Heimat». Er grübelte am Stammtisch alleine hinter einem Glas Bier vor sich hin, als Rosalie sich zu ihm setzte.

«Ich muss es dir einfach mal sagen, Ueli, du bist ein lieber Kerl. Ich mag dich.»

«Ich mag dich auch, Rosalie. Sehr sogar»

So kamen sie zusammen flott ins Gespräch. Rosalie spendierte Ueli grosszügig einen Zweier Roten. Dies in der Absicht, sein Mundwerk ein klein wenig zu lockern um so etwas mehr über ihn zu erfahren. Sie wollte ihn ebenso auf seine doch nicht ganz alltägliche Stimme ansprechen. Allerdings zierte sich Ueli erst mächtig, auf Rosalies Fragerei ernsthaft Antwort zu geben. Doch der Rotwein und das hartnäckige, aber liebevolle Drängen und Betteln von Rosalie zeigte allmählich Wirkung:

«Jaja, ist ja gut Rosalie, man weiss warum. Der Arzt hat das untersucht und mir genau erklärt.»

«Und, warum denn, Ueli?»

«Ich weiss nicht, ob ich dir das sagen soll. Du lachst mich sicher aus und glaubst mir nicht. Zudem will ich nicht, dass das unter die Leute kommt.»

Rosalie, immer neugieriger geworden, legte kollegial einen Arm auf Uelis Schulter:

«Aber Ueli, mir kannst du doch vertrauen. Von mir erfährt nicht einer ein Wort. Niemand! Und auslachen tu ich dich schon gar nicht. Dazu mag ich dich zu sehr.»

Ueli zögerte, wand sich und errötete leicht:

«Ach, ich weiss nicht, Rosalie»

«Komm Ueli, rede dich aus. Es bleibt garantiert unter uns, das schwör' ich dir.»

«Lachst du mich auch nicht aus?»

«Woher auch? Niemals würde ich dich wegen irgendetwas auslachen. Ich mag es überhaupt nicht, über andere Leute zu lachen. Was meinst du wohl, warum ich die grölenden Stammtischkameraden immer tadle, sie sollen doch endlich das einfältige, niveaulose Hänseln dir gegenüber lassen? Ich mag das einfach nicht.»

«Also gut Rosalie, aber Ehrenwort unter uns!»

«Unter uns, Ueli, grosses Ehrenwort.»

«Also es ist so, der Arzt sagte, meine Stimme entwickle sich nicht richtig, weil ich drei Eier habe.»

«Wie bitte? Sag das nochmal!»

«Ja, es ist so! Dort wo andere Männer zwei haben, sind bei mir drei grosse Dinger. Und diese haben etwas zu wenig Platz im Beutel, was bei mir – wie der Arzt herausgefunden hat – die hohe, kratzende Stimme auslöst. Irgendwie müssen diese drei Dinger mit dem Kehlkopf verbunden sein.»

Rosalie hielt sich die Hand vor den Mund und kicherte.

«Ueli, erzähl doch nicht solchen Unsinn!»

«Das ist kein Unsinn, ich habe drei Dinger, Rosalie!»

«Das glaubst du doch selber nicht.»

Ueli wurde etwas traurig:

«Siehst du Rosalie, ich habe gewusst, dass du mir das nicht glauben willst. Deshalb wollte ich auch nicht darüber reden, weil man mich dann nur auslacht und denkt, ich sei ein Prahlhans.»

«Aber Ueli, ich lache dich nicht aus. Es ist einfach sehr aussergewöhnlich, was du da plauderst. Ueli, im Vertrauen, darf ich sie mal zählen?»

In diesem Moment, es war kurz nach zehn Uhr und die Fernsehübertragung des Champions League Finals beendet, kamen polternd ein paar Stammgäste – einer nach dem andern – zur Tür herein, um sich noch ein paar Biere und Schnäpse den Hals hinunterzuschütten und den grandiosen Sieg des FC Zürich zu feiern.

Rosalie flüsterte Ueli kurz ins Ohr:

«Warte nach der Polizeistunde hinter dem Haus, gell!»

Zur Aufmunterung brachte sie ihm noch einen weiteren Zweier vom süffigen Hauswein, auf ihre Kosten.

Die Polizeistunde wurde verkündet. Die drei Holländer räumten als Erste das Feld. Sie waren ordentlich besoffen. Die Stammtischler rückten die Stühle widerwillig, wohl weil sie ihren täglich üblichen Promillepegel noch nicht erreicht hatten, und verliessen nach und nach das Wirtshaus. Ueli tat es seinen vermeintlichen Freunden gleich, schlich aber draussen, von den andern nicht bemerkt, sogleich hinter das Haus.

Rosalie riegelte die Gaststube ab, um sich unverzüglich zum Hintereingang zu begeben. Dort öffnete sie stürmisch die Tür und flüsterte Ueli zu:

«Komm rasch herein, Ueli, komm.»

Rosalie nahm Ueli mit in ihr gemütliches Zimmer. Es war über eine knarrende Holztreppe erreichbar und lag über einem Ziegenstall, der an den Wirtshaustrakt angebaut war.

Kaum dort, wollte Rosalie Ueli schnurstracks und voll

ungeduldig an die Wäsche. Sie platzte beinahe vor Neugier. Ueli aber wehrte souverän ab:

«Halt, halt, Rosalie, nur nicht gesprengt. Ich zieh mich selber aus. Ich bin schliesslich erwachsen genug und muss mich nicht wie ein Kind auspacken lassen.»

Ueli entledigte sich gemächlich all seiner Kleider, und als er nackt vor Rosalie stand, begann sie ihm am Zeug herumzufingern. Kichernd meinte sie:

«Oh nein! Ueli, du hast mich aber voll angelogen. Da sind nicht drei Eier, Ueli! Nein, da sind sogar vier Stück von diesen Dingern.»

«Ach was, gelogen war das nicht, Rosalie, vielleicht mit der Wahrheit ein wenig gespart, aber nicht gelogen. Wenn ich von Beginn weg gesagt hätte, es seien deren vier im Korb, hättest du mir erst recht nicht geglaubt.»

Darauf folgte, was zu erwarten gewesen war.

Nach einer längeren Weile des intensiven Rammelns legten sie eine Zigarettenpause ein. Etwas matt bemerkte Rosalie, nicht ohne bewundernden Unterton:

«Oh Ueli, du gehst ja ran wie eine gesengte Sau. Wo hast du denn das gelernt? Wer hat dir beigebracht, so hervorragend zu bumsen.»

«Ach weisst du Rosalie, in der Stadt kenne ich eine Nutte, eine ehemalige Schulkameradin aus Obergebirgen, meinem Heimatort. Vroni, so heisst sie, gönnt sich ihren wohl verdienten Nuttenruhetag immer am Sonntag, wenn auch die ‹Heimat› geschlossen hat.

‹Sonntags nie!›, sagt sich Vroni und empfängt am Sonntag keine feine Kundschaft, der sie zum Beispiel auf Wunsch hin Windeln anziehen muss. Die feinen Herren krabbeln alsdann auf allen Vieren auf dem Teppich im Kreis herum. Dazu muss Vroni sie mit einer Reitpeitsche prügeln und kompromisslos herumkommandieren und dergleichen abstruse, ja lächerliche, Absonderlichkeiten mehr.

Du glaubst es nicht, was Vroni mir schon alles erzählt hat. Sensationell, ich sag's dir. – Meist wollen sie dann auch noch einen Schnuller in den Mund und in die Windeln pissen. Dafür muss Vroni die grossen Babylulatschen mit der Peitsche strafen, um sie darauf mütterlich zu trösten. Alles feine, verheiratete Herren, weisst du, Manager, Apotheker, Gastronomieberater, Architekten, Bankdirektoren, Rechtsanwälte, Nationalräte, Lokalradioredaktoren, höchste Berufsoffiziere der Schweizer Armee, Schlagersänger, Krankenkassendirektoren, Piloten, Fernsehmoderatoren, Chefredaktoren, Verleger und was weiss ich noch alles.

Item!

Also jeden Sonntag treffen wir uns jeweils am frühen Morgen in der Stadt, gehen zusammen in die Messe und nachher schnurstracks zu ihr nach Hause, und dort vögeln wir, was das Zeug hält. Zwischendurch schlagen wir uns den Bauch voll mit allerlei auserlesenen Köstlichkeiten, die Vroni am Tag zuvor im Delikatessengeschäft eingekauft hat. Dazu trinken wir kühlen, prickelnden Sekt, Vroni sagt dem ‹Görpswasser›.»

«Nanana, so etwas, was hör ich da alles für interessante Neuigkeiten? Ueli, Ueli, mein Lieber, du bist ja ein ganz, ganz durchtriebener, ausgekochter Schlingel, und ein unersättlicher Rammelbock dazu.»

Dazu zog Rosalie mit der einen Hand zärtlich am rechten Ohrläppchen von Ueli, und mit der anderen Hand fummelte sie ihm bereits wieder am Zeug herum.

Rosalie und Ueli kamen nicht zur Ruhe. Sie trieben es die ganze Nacht über.

Morgens gegen Viertel nach sieben ruckte Ueli auf:

«So, Schluss für heute, Rosalie, ich muss zur Arbeit.»

Ueli hatte um acht Uhr den ersten Termin in seiner Agenda eingetragen. Die alte Waschmaschine der Familie des Gemeindepräsidenten Imwald im Nachbardorf Gämshütten überhitzte beim Waschen unkontrolliert. Das Resultat war Schrumpfwäsche, gerade noch gross genug, um sie Puppen anzuziehen – so hatte es ihm die Servicezentrale gemeldet.

«Ja Ueli, und ich will versuchen, wenigstens noch zwei, drei Stunden zu schlafen», gab Rosalie hauchend und der totalen Erschöpfung nahe von sich.

Am Abend erschien Ueli frisch und munter am Stammtisch und liess wie üblich seine hohe, im Hals kratzende Stimme verlauten:

«Hallo zusammen!»

Die bereits anwesenden Stammtischkollegen waren mitten im Scherzen und spotteten:

«Ja salü, Ueli, Ueli der Eunuch! Hast du Rosalie so zugerichtet? Chächächächächä!»

«Ja, schau sie dir an, wie ein Gespenst kommt sie daher, übernächtigt und ausgelaugt. Chächächächä!»

«Sicher steckst du dahinter, Ueli, chächächächä!»

«Genau, der Ueli, der Preisbock, chächächächä!»

«Chächächä, Ueli mit seinem Sack voll warmer Luft.»

Aus vollem Hals lachte sich die Stammtischmeute halb kaputt. Ein Gegröle! Sie prusteten und wieherten, polterten dazu mit den Fäusten auf den Tisch und klopften einander kumpanenhaft auf die Schultern. Dabei kamen sie sich vor wie die grössten Potenzprotzen.

Ueli verhielt sich still, bemerkte aber, wie Rosalie, je mehr die einfältigen Deppen foppten, umso zorniger wurde. Eine grenzenlose Wut stieg in ihr auf. Bis sie total entnervt zu einer Tirade ansetzte und zu schreien begann:

«Recht habt ihr, ihr Schlappschwänze, Ueli und ich haben die ganze lange Nacht über gebumst. Bis morgens um sieben. Euer Gequatsche ist widerlich, primitiv und zeigt nur, dass ihr nichts in den Hosen habt. Grossgekotzt prahlen und auftischen, als ob ihr weiss Gott was für Hengste wärt, das ist alles, was ihr zu bieten habt. Aber potent seid ihr nur im Sprücheklopfen. Und wenn's ernst gelten sollte, seid ihr wahrscheinlich die maximalsten Weicheier.

Ich sag euch eines, und das deutlich: Ihr alle zusammen rammelt mit Bestimmtheit nicht so gut wie Ueli allein. Ihr schmutzigen Schlammsäcke. Am Waldrand droben euch an billigen, schmierigen Pornoheftchen begeilen, da seid ihr spitze, da seid ihr tüchtig, aber ansonsten bringt ihr nichts her, ihr Waldrandwichser.

Und damit ihr es wisst: Dort, wo ihr zwei mickrige, weiche Eier habt, hat Ueli vier grosse Dinger. Jaja, so ist es, ihr Warmduscher. Schaut doch nicht so hohl wie abgestorbene Schafsköpfe. Tatsache ist, Ueli hat vier Cojones, wenn ihr in euer unbeschreiblichen Dummheit überhaupt wisst, was Cojones sind.»

Rosalie tobte, dazu stampfte sie mit dem rechten Fuss ununterbrochen auf den Boden.

Die Stammtischler erstarrten. Wie geprügelt sassen sie da und schauten alle mit offenem Mund immer wieder von Rosalie zu Ueli und wieder zu Rosalie und wieder zu Ueli. Sie schwenkten ihre Köpfe hin und her, wie man es von Tennismatches her kennt. Ihre Gedanken rotierten auf der Suche nach einem Weg aus der Ratlosigkeit. Sie konnten es nicht glauben. Der Anschiss sass tief.

«Beruhige dich Rosalie. Es steht dir nicht, wenn du so zornig daher wetterst. Meine Freunde meinen es ja nicht so. Sie wollen doch einfach nur lustig sein und etwas Spass haben», wollte Ueli beruhigen.

Rosalie setzte sich, total ausser Atem geraten, zu Ueli hin, verschränkte ihre Arme um seine Schultern, vergrub ihren

Kopf an seinem Hals und begann fürchterlich zu heulen. Sie heulte aus Wut und auch, weil sie müde war.

Kari, der meistens die grösste, primitivste und ausfälligste Röhre führte am Stammtisch, fand als Erster die Sprache wieder:

«Schau an, schau an, uns täuscht der kleine Heuchler mit einem scheinheiligen Ministrantengesicht. Dabei ist er ein voll durchtriebener, ausgekochter und hinterhältiger Saubock, ein verlogener. Eins schreib dir hinter die Ohren: Mein Freund bist du für immer gewesen! – Zahlen, aber subito!»

Innerhalb kürzester Zeit verliessen sie einer nach dem andern das Wirtshaus. Sie kamen sich ordentlich gelackmeiert vor, weil aus ihrem Objekt des Spottes und ihrer hauptsächlichen Stammtischbelustigung unverhofft eine symbolische Ohrfeige an ihre eigene Adresse geworden war. Nichts mehr mit sich stark fühlen, indem man auf billige Weise einen Schwächeren hänselt und in dämlicher Art auf ihm herumsabbert. Die Grosshansen waren – welche Schande – als mehr oder weniger impotente Schlappschwänze und Waldrandwichser entlarvt worden. Der Spott schlug heftigst auf sie zurück. In Form von geistigen Keulenschlägen, und das gleich im Dutzend, prügelte er auf sie ein.

Es ging erst gegen Viertel vor neun, da waren nur noch Rosalie, Ueli allein am Stammtisch und im hinteren Teil ein touristisches Ehepaar aus Fislisbach im Kanton Aargau in der Gaststube anwesend.

Da meinte der Mann zu Rosalie gewandt:

«Doch, doch, da ist ja mächtig was los bei euch.»

Man kam ins Gespräch. Als Ueli dann noch berichtete, dass er im Aargau die Rekrutenschule gemacht habe, war das für das Aargauer Paar Grund genug, sich zu Ueli zu setzen und einen weiteren Halbliter Hauswein zu bestellen. Und noch einen und noch einen. Bis zur Polizeistunde wurden also etliche Halbliter getrunken und viel geschwatzt. Danach schwankte das Ehepaar aus Fislisbach lallend über den Dorfplatz in das der Wirtschaft «Heimat» gegenüber liegende Hotel «Alpenblick». Dort verlangten sie an der Rezeption den Zimmerschlüssel. Als sie die Treppe hochtorkelten, murmelte der Portier vor sich hin:

«Beim Nachtessen trinken sie geizig Hahnenwasser, aber danach gehen sie zur Konkurrenz gegenüber, um sich die Lampe zu füllen und dabei zu saufen, was das Zeug hält. Fremdes Pack!»

Rosalie und Ueli konnten derweil nicht schnell genug in das heimelige Zimmer über dem Ziegenstall hochsteigen.

Die Zeit verging. Rosalie bekam einen dicken Bauch, worauf die beiden beschlossen zu heiraten. Die Kirchglocken rumpelten. Der Kirchturm wackelte. Die Bänke in der Kirche waren gefüllt, als Hochwürden vorne stehend das flotte Brautpaar erwartete. Das aargauische Ehepaar aus Fislisbach sass in der vordersten Reihe. Auf der Empore intonierte der für die Hochzeitmesse extra engagierte, hervorragende Orgelspieler Ignaz Gurgelmeier das Stück *Einzug der Gladiatoren* von Giuseppe Verdi. Nach drei, vier Takten erschien das Brautpaar Rosalie und Ueli aus dem gleissenden Gegenlicht wie auf einem Sonnenstrahl daher schwebend beim Kircheneingang und bewegte sich gemächlichen Schrittes Richtung Altar. Rosalie mit einem dicken Bauch. – Ein herrliches Bild.

Zuhinterst in der Kirche stand auch Vroni, begleitet von einem für solche Anlässe geeigneten und edel angezogenen Leihmann vom Escortservice. Vroni kollerten voll die Tränen über die Backen. Dutzendweise! Einerseits lautere

Freude für ihren sonntäglichen, lieben Rammelbock Ueli verspürend, andererseits, weil ihr solches Glück, solche Romantik wohl zeitlebens verbaut sein würde.

Kurz flammte ein unbändiger Hass auf ihre Kundschaft, auf ihre grossen Babys auf. Zugleich verspürte sie aber auch eine ungeheure Wut auf ihren Vater und ihre beiden Brüder, die, als sie noch ein Mädchen gewesen war, allesamt geifernd ihre Triebe an ihr abreagiert hatten. Vroni hatte knapp vierzehn Jahre gezählt, als ihr Vater zum ersten Mal in ihr Bett gestiegen war und einem wilden Karnickel gleich drauflos gerüttelt hatte. Zorn auf ihre Mutter kam hoch. Ihre bei jeder Gelegenheit zu Jesus, Maria und dem heiligen Geist betende, frömmlerische Mutter, die alles gewusst, aber nichts gegen das widerliche, bestialische Treiben der elend niederträchtigen und ungehemmten Familienhengste unternommen hatte:

«Das Schicksal kann man nicht ändern. Gott hat es so bestimmt», war das Einzige, was der bequeme, schlampige Scheisshaufen von einer Mutter dazu gemeint hatte.

Wenn Vroni beim Pfarrer beichten gegangen war, weil sie sich für sündig und zugleich schuldig gehalten hatte, hatte dieser feine Herr immer bis ins Detail alles genau erzählt haben wollen. Zur Strafe hatte der Herr Pfarrer ihr jeweils befohlen, in der Kirche zwanzig Vaterunser runterzuleiern. Bis zu jenem Tag, als der Pfaffensack zu Vroni gemeint hatte, sie könne, anstatt zwanzig Vaterunser zu beten, nach der Beichtstunde, wenn alle Leute gegangen seien, zu ihm in den Beichtstuhl kommen, damit er ihr persönlich Ablass gewähren könne. Gutgläubig hatte Vroni getan, wie ihr vom Herrn Pfarrer geheissen worden war. Sie hatte dann aber feststellen müssen, dass es dem Scheinheiligen gar nicht um einen Ablass ging. Ohne langes Zaudern hatte der Schmutzfink ihr an die Wäsche gewollt. Von diesem Tag an war Vroni nie mehr zur Beichte gegangen.

Vroni hatte dann eines Tages ihr Schicksal selber in die Hand genommen. Sie war aus Obergebirgen geflohen und auf Umwegen und per Autostopp schlussendlich in Zürich gelandet. Weil sie ausser Vögeln nichts gelehrt bekommen hatte, hatte sie sich kurz und illusionslos gesagt:

«Sei es denn, so verdiene ich mein Geld eben mit Vögeln.»

Vroni war sehr tüchtig und hat sich zielstrebig nach oben gearbeitet. Sie wurde eine weitherum bekannte Domina, die sich ihre Kundschaft aussuchen konnte. Inzwischen besass sie, nebst einem fetten Bankkonto, auch eine stattliche Villa in einem gepflegten Quartier von Zürich. Zu ihren Eltern und Brüdern pflegte sie keinen Kontakt. Die existierten nicht mehr für sie.

«Die haben nie gelebt!», sagte Vroni.

Nach der kirchlich-feierlichen Trauung servierte im Restaurant «Heimat» die Wirtin Berta Zumeggen ein feines Hochzeitsmahl mit leckerem Kalbsnierenbraten an brauner Sauce, frittierten Kartoffelkroketten und einem köstlichen Gemüsebouquet. Dazu vom besten Hauswein, so viel die Kehlen begehrten. Und das war nicht wenig! Zum Dessert gab es gebrannte Creme und Nusskuchen, dazu Kaffee und Enzianschnaps. Es wurden Unmengen getrunken und viel gekotzt.

Sechs Monate nach der Hochzeit brachte Rosalie Zwillinge auf diese unsere Erde. Zwei Knaben, beide hatten vier Eier im Körbchen. Ein epochales Phänomen, das sich im Waschmaschinenservicerayon von Ueli stetig, ja beinahe epidemisch zu verbreiten begann.

Die Sonne sank am Horizont im Westen gerade in eine Schlucht hinunter, als auch die bis anhin kinderlose Frau des angesehenen Talarztes neun Monate nach dem letzten

Waschmaschinenservice einem Sohn das Leben schenkte. Der kleine Wicht wog bei der Geburt über sieben Kilo und hatte vier Dinger im Beutel.

07

Brett sei mit dir

Endlich ist mal ein schöner Tag angesagt. Ein Tag ohne Regen, dafür mit blauem Himmel, gelber Scheibe und angenehmen Temperaturen: Zeit für eine ausgiebige Gebirgswanderung. Es hat sich denn auch wahrlich, wahrhaftig gelohnt, dass ich mich heute Morgen kurz vor vier Uhr aufmachte, um den beschwerlichen Weg auf die Finsterbodenmatten auf mich zu nehmen. Nun, lesen Sie selber, was ich auf meiner grandiosen Gebirgswandertour gar Wundersames erlebte.

Die abgelegen liegende und nur mit enormer Mühsal zu erreichende Finsterbodenmatten wird selten bis nie von Wanderern anvisiert. Eigentlich führt auf diese einzigartige Gebirgsterrasse auch kein Weg, der diesen Namen verdienen würde. Eine mögliche Aufstiegsroute ist ab dem weitherum bekannten Gebirgswirtshaus «Zum Sumpfberg» zu erreichen. Sie führt zu Beginn über wenige kurze, leicht ansteigende Gebirgswiesenabschnitte. Dafür warten auf den Wanderer weiter oben umso mehr Geröllhalden und stotzige Felspartien. Nach rund zwei Stunden Wanderzeit ab Sumpfberg kommt man in unwegsames Gelände. Ab da muss man in den zum Teil überhängenden Felspartien die weitere Richtung förmlich erahnen. Oft glaubt man, den Weg gefunden zu haben, um dann unverhofft wieder auf eine Felswand oder einen Abgrund aufzulaufen.

Den beschwerlichen Aufstieg wage ich heute aber durch die wild zerklüftete Sonnenuntergangsschlucht hinauf. Dies mit der Absicht, den späteren Abstieg in Richtung Gebirgswirtshaus «Sumpfberg» vorzunehmen, um dort mit einem kühlen Gebirgsbachbier genüsslich meinen bis dahin sicher zünftigen Durst löschen zu können.

Das anstrengende Begehen oder vielmehr Durchklettern der Sonnenuntergangsschlucht kommt einer ungeheuerlichen Herausforderung gleich, ist es doch am Grund der Schlucht bisweilen dunkel wie in einem Kuhmagen. Ich habe mich deshalb auch mit einer Stirnlampe ausgerüstet und gegen die da herrschende Kühle warm angezogen. Auch ist man am Schluchtgrund ununterbrochen einer durchdringenden Luftfeuchtigkeit ausgesetzt. Wer allerdings mannigfaltige Wassergeräusche liebt, wird reichlich belohnt. Es zischt, es rieselt, es gurgelt, es plätschert, es rauscht und braust in allen Variationen. – Manchmal kann man weit oben den blauen Himmel erblicken.

Nach rund sechs Stunden des mühsamen Anstiegs wird die Schlucht zunehmend offener. Erste Sonnenstrahlen wärmen meine unterkühlten Gelenke auf. Ich überwinde zwei letzte Felsbrocken und stehe unvermittelt auf einer saftigen Wiese am Rande einer traumhaften, weitläufigen Gebirgsterrasse etwas unterhalb der Baumgrenze. Finsterbodenmatten!

Ich setze mich hin und geniesse den kolossalen Anblick. In nicht ganz zwei Kilometern Entfernung bemerke ich gegen die Talseite hin ausgerichtet eine Ansammlung von dunklen Holzhäusern. Ein Dorf? Hier oben? Auf der Karte ist nichts dergleichen eingezeichnet.

Unweit unterhalb der Siedlung ist die prachtvolle Gebirgsterrasse wie abgeschnitten und gibt somit einen fantastischen Blick in den weiten Talgrund frei. Offenbar ist das Gelände talseitig stark abfallend.

Auf der Bergseite grenzt die grosse Gebirgswiese auf ihrer vollen Länge an einen nicht sehr breiten Wald mit allerlei Gebüsch und vornehmlich Gebirgsföhren. Hinter dem Wald ragen abrupt markante Felsgruppen in den Himmel.

Die leicht geneigte Terrasse hat eine ungefähre Länge von etwas mehr als zwei Kilometern und eine Breite von rund vierhundert Metern.

Ich sitze einfach nur staunend da und geniesse in vollen Zügen die prächtigen Impressionen. Es ist, als ob die Zeit stillstehen würde.

Nach einer halben Stunde der gefühlten Ewigkeit erhebe ich mich und trotte gemütlich über die prächtige Gebirgswiese in Richtung der Häuseransammlung. Je näher ich dem Dorf komme, desto sicherer wird meine Vermutung, dass es verlassen sein muss.

Die im traditionellen Stil gebauten Holzhäuser machen einen stark zerfallenen Eindruck. Kein Mensch ist zu sehen, geschweige denn zu spüren. Von der Kirche stehen nur noch die Umfassungsmauern und der Kirchturm. Vor dem Dorf angelangt, kommt mir eine aufgeweckte Schar Ziegen entgegen. Gebirgswildziegen? Hausziegen? Verwilderte Hausziegen? Auf jeden Fall begrüssen mich die Tiere im Ensemble und ganz ohne Scheu mehrstimmig meckernd:

«Määhähähäää!»

«Grüss euch alle zusammen, ihr Hübschen», erwidere ich das erquickende Grusskonzert.

Die Ziegen umringen mich im Halbkreis und mustern mich überaus neugierig. In völlig aufgeräumter Stimmung und von einem Glücksgefühl befallen, schreite ich in das Dorf. Selbstverständlich anhaltend in enger Begleitung all der Ziegen. Sie müssen in putzmunterer Laune sein, denn hin und wieder werfen sie vor lauter Lebensfreude ungestüm zappelnd ihre Hinterläufe in die Luft. Dazu blöken sie in allen Tonlagen.

«Määhähähähäää, määhähähähäää», noch und noch und immer wieder.

Wenn ich stehenbleibe, bleibt die Schar auch stehen und betrachtet mich neugierigen Blickes.

Nachdem ich an einigen Häusern vorbeigekommen bin, wird mir endgültig bewusst, dass ich hier keinen Menschen zu Gesicht bekommen werde. Über dem ganzen Gehütte liegt eine gespenstische Aura, die mir Fragen über Fragen durch den Kopf gehen lässt: Was ist da geschehen, wohin sind alle gegangen und warum?

Allein – die quicklebendigen, hübschen Ziegen lassen erst gar keine bedrückende Stimmung aufkommen und vermitteln mir die Erkenntnis: Hier das fröhliche Leben, dort die Vergangenheit und der unvermeidliche Zerfall.

Alle Häuser verlassen, die ehemaligen Hausgärten völlig überwuchert von den einst wohl liebevoll gehegten und gepflegten Blumenpflanzen. Fingerhut, Rittersporn, Akelei und andere Gewächse blühen um die Wette.

Bei der gemauerten Kirche das Dach abgebrannt und was danach an Holz noch übrigblieb, eingestürzt. Im Turm die Glocken am Boden an einem Haufen, zuunterst die grösste. Sie sind wohl allesamt aus den Verankerungen gefallen und dabei die verschiedenen Zwischenböden durchschlagend hinuntergestürzt. Da liegen sie nun unverrückbar und mit einer dicken Staubschicht bedeckt. Bei den Überbleibseln des zweiten Kirchturmbodens droben gewahre ich emsiges Treiben von mächtig grossen Gebirgshornissen rund um einen monströsen Nestbau herum.

Mitten auf dem ehemaligen Dorfplatz stehend, schaue ich mich um. Da sind viele Holzhäuser in arger Schieflage, kurz vor dem Einsturz oder eben schon eingestürzt und in sich zusammengefallen. Das Ganze bedeckt von einer unheimlichen Stille und einem Flimmern, das so etwas wie Endgültigkeit vermittelt. Man kann die Stille förmlich riechen. Nur gerade ein ununterbrochenes Gesumme von betriebsamen Gebirgsbienen und das Geschwätz der mich auf Schritt und Tritt begleitenden Ziegen sind zu hören. Aber auch die Ziegen verhalten sich, seit wir zusammen das Dorf betreten haben, angespannt zurückhaltend und schauen mich fortwährend mit fragenden Augen an. Was sie mich fragen wollen, weiss ich nicht, vielleicht:

«Und jetzt? Was schlägst du vor?»

Ich weiss auf ihre Fragen keine Antwort, bin im Grunde genommen ebenso ratlos und frage mich selber permanent, was da vor sich gegangen sein möge. Nachdem ich noch geraume Zeit zwischen den Häusern herumgeschlendert bin und mit den Augen nach Erklärungen gesucht habe, erblicke ich am Rande des Dorfes Richtung Tal eine Sitzbank, eine nahezu neue Sitzbank mitten im fett blühenden, kräftigen Gebirgsgras.

Sapperlot nochmal, so etwas. Wo kommt denn hier eine nigelnagelneue Sitzbank her?, denke ich. Hinter mir ein zerfallenes, von jeglichem Menschenleben verlassenes Dorf und vor mir eine neue Aussichtsbank!

Nicht genug des Verwunderlichen: Auf dieser Bank sitzt ein alter Mann mit einem langen, weissen Bart, wallenden Haaren, grossen, klaren Augen und einer Knollennase, die das extrem verrunzelte Gesicht dominiert. Gekleidet ist er in währschafte, grob gewobene, altertümliche Stoffe. In den Händen hält er ein Holzbrett von ungefähr dreissig mal sechzig Zentimetern Grösse, das er eingehend zu studieren scheint. Er bemerkt mich und gewahrt zugleich, dass mir der Schrecken in die Beine gefahren ist:

«Keine Angst, junger Mann, komm setz dich!», sagt er und klopft dazu einladend mit einer Hand auf die freie Bankfläche.

Ich begebe mich mehr als nur neugierig zur Sitzbank und

setzte mich neben den Mann. Seinem Aussehen zufolge muss er sehr, sehr alt sein.

Die Ziegenschar bleibt währenddessen geschlossen bei den letzten Häusern stehen. Sie schauen mir unverwandt nach und untermalen ihre Parade mit putzmunterem Gemecker.

Es kommt mir vor, als ob mir die quirlige Ziegenschar mitteilen wolle:

«Warum gehst du wieder, bleib doch hier! Bleib doch hier, wir könnten es sicher gut haben miteinander.»

Die herzigen Ziegen bringen es tatsächlich zustande, dass in mir ein klein wenig Gefühle der Wehmut aufkommen. Item!

Da sitze ich nun also neben einem uralten, freundlichen Mann, in unmittelbarer Nähe eines wohl seit langem verlassenen Gebirgsdorfes, das auf meiner ansonsten überaus präzisen Wanderkarte nicht eingezeichnet ist.

In guter Stimmung packe ich meinen Proviant aus. Zwei Salametti, Dreieckskäse, Studentenfutter, ein kleines Brot, Tee und für den Abschluss einen Flachmann gefüllt mit hochprozentigem Enzian. Einfach all das, was ein flotter Wanderer für unterwegs einpackt. Ich bitte den Greisen, bei meinem bescheidenen Mahl ebenfalls zuzugreifen und frage ihn, ob er vielleicht wisse, warum das Dorf auf der schönen Gebirgsterrasse vollkommen verlassen sei und keine Menschenseele mehr da lebe.

Der alte Mann antwortet:

«Wenn du zwei Stunden Zeit hast, erzähle ich dir gerne die ganze Geschichte.»

«Selbstverständlich habe ich zwei Stunden Zeit.»

Und so beginnt er mir die folgende Geschichte zu berichten.

Die Finsterbodenmattener hatten ihm Tal drunten den Ruf, sie hätten allesamt ein ausgewachsenes Brett vor dem Kopf. Und das nicht umsonst.

Keineswegs etwa allein, weil sie extrem stur, verbohrt und total engstirnig waren. Sie traten auch allem Neuen nicht nur skeptisch, sondern mit rigoroser Ablehnung entgegen. Aber der hauptsächliche Grund lag in ihrem allgemeinen Lebensstil. Den gesamten Alltag, ihren Lebensrhythmus, all ihre Verhaltensweisen, alle Entscheide in der Gegenwart wie auch die Zukunft betreffend liessen sie über das ganze liebe Leben lang durch Gebirgsföhrenbretter, durch ihre ihnen persönlich zugeteilten sogenannten Schicksalsbretter und deren mannigfaltigen Holzmaserungen, ultimativ bestimmen und prägen.

Ihren Ursprung hatte diese Eigenart im vorletzten Jahrhundert, und zwar in einer vom Sägereibesitzer Alois Zumholz getätigten Behauptung:

«Jedem Menschen ist ein Brett zugeteilt, und die Maserung dieses Brett bestimmt das Leben von Geburt bis zum Tode und darüber hinaus!»

Die wohlhabende Sippe Zumholz hatte mächtigen Einfluss auf die übrigen Bewohner von Finsterbodenmatten, und über all die Jahre und Generationen hinweg entwickelte sich in der gesamten Dorfbevölkerung ein fester, lange Zeit unbeirrbarer Glaube an diese Holzmaserungstheorie.

Wurde in Finsterbodenmatten ein Kind geboren, legte man dasselbe – frisch entschlüpft – auf ein zu gleicher Stunde gesägtes Gebirgsföhrenbrett und liess es da geschlagene drei Stunden zappeln und durchdringend schreien. Durch die dabei entstehenden Vibrationen wurden Säugling und Brettmaserung eins. So entstand das absolut persönliche Schicksalsbrett.

Nun war das gesamte weitere Schicksal des neugeborenen Menschenlebens durch diese Bretttaufe und dem dabei zelebrierten Zusammenfinden mit seiner ihm zugeteilten, persönlichen Holzmaserung bestimmt und vorgezeichnet.

Zu dieser Bretttaufe sprach der jeweils Älteste der Sippe Zumholz als alleinzig berechtigter Holzmaserungspriester zeremoniell die feierlichen Worte:

«Sei getauft im Namen des Holzes, des Brettes und der Maserung in optima forma!»

Für die Lieferung der Bretter hatte selbstverständlich die Sägerei Zumholz die Exklusivrechte, und zwar zu guten Preisen. Die Finsterbodenmattener reklamierten vergeblich preiswertere Schicksalsbretter. Der alte, raffgierige Zumholz wies die Unzufriedenen beschwörend auf das Risiko hin, das allfällig billigere Bretter bergen würden:

«Ein tolles Schicksal darf ja doch auch etwas kosten. Ihr könnt wohl billigere Bretter haben, aber euer Lebenslos wird dementsprechend auch nicht das Beste sein. Und solange ich, Alois Zumholz, im Brettersägen das Sagen habe in Finsterbodenmatten, werden in der Sägerei Zumholz unwiderruflich und ausnahmslos qualitativ erstklassige Bretter gesägt, mit ausgewählten Maserungen, die euch aller Voraussicht nach ein erfreuliches, schönes Schicksal garantieren. Dazu bin ich nicht nur Kraft meines Amtes als auserwählter Holzmaserungspriester, sondern auch im Namen meiner Familie verpflichtet.»

Zu Beginn der Finsterbodenmattener Schicksalsbrett- und Holzmaserungsepoche folgte der Sippe Zumholz erst nur eine kleine Gruppe von Holzmaserungsgläubigen. Nach und nach wurden es aber immer mehr. Dies, obwohl sich der seit Jahren im Dorf amtende, vormals bei allen ausserordentlich beliebte und ehemals grundgütige Pfarrer Gottlieb Zumberg vehement gegen das um sich greifende – wie er sagte – böse, abergläubische Heidentum stemmte.

«Das ist ein übles Werk des Teufels! In der Hölle beim

Satan werden diese gottlosen Ignoranten über glühender Kohle rösten und in heissem Öl braten, wenn sie weiterhin diesen ungeheuerlichen, teuflischen Hexereien frönen. Ihr fürchterliches Heulen und Zähneknirschen wird weitherum zu hören sein.»

So beschwor der überaus beunruhigte Seelsorger in seinen sonntäglichen Predigten seine stets kleiner werdende Herde gläubiger Seelen. Bei sich dachte Hochwürden, insgeheim verzweifelt alten Zeiten nachtrauernd: Nur schade, dass die einzige, wahrlich wahrhaftig wahre Methode für die blanke Ausrottung dieser Abgesandten des Teufels und irren Verkünder von diabolischen Auswüchsen leider verboten worden ist. Früher hätte man diesen elenden, sektiererischen Abschaum kurzerhand zuoberst auf einen schön geschichteten Scheiterhaufen gebunden und ohne langes Federlesen abgefackelt. Mit dieser Methode hätte man auch heute noch die saubere Möglichkeit, von Beginn weg radikal gegen solch satanisches Geschwür, gegen solch gotteslästerliche, teuflische Brut vorzugehen. So könnte man die Verwirrten sogar über den lodernden Flammen ihrer eigenen, heidnischen, verfluchten und verdammten Schicksalsbrettern schmoren lassen. Dann wäre es in Gottes Namen Amen möglich, die Verirrten wenigstens kurz vor ihrem Ableben doch noch zu göttlicher Besinnung zu bringen …

So weit die Gedanken des Dorfpfarrers. Die Schar seiner Glaubensgemeinde wurde aber trotz massivster Drohungen mit Verderbnis und ungeheuren Qualen, die in der Hölle auf sie warten würden, ständig kleiner. Letztendlich wandten sich auch noch die letzten ehemaligen Kirchgänger aus der Finsterbodenmattener Dorfbevölkerung dem Holzmaserungsglauben zu.

Dies auch deshalb, weil der Blick von Hochwürden anhaltend wilder und schliesslich stechend böse wurde. Einhergehend damit verdorrte der bald einmal von allen gemiedene Seelsorger zu einem Klappergestell. Aus seinen tiefen Augenhöhlen sah einem der nackte Wahnsinn entgegen. Hochwürden nahm keine Nahrung mehr zu sich und besoff sich permanent und völlig haltlos mit seinem eigenen gesegneten Messwein. Gleich kübelweise schüttete er ihn seinen Hals hinunter.

Es kam gar so weit, dass sich seine ehemaligen Schützlinge vor ihm enorm zu fürchten begannen. Deshalb gingen sie ihm möglichst aus dem Weg.

Sogar seine ihm ehemals von ganzem Herzen verbundene und treu ergebene Haushälterin und leidenschaftliche Bettkameradin konvertierte eines Tages zur Gemeinschaft der Holzmaserungsgläubigen.

Der Seelsorger hielt sich tagsüber nur noch im Kirchturm auf, ganz zuoberst auf dem Boden über den Glocken. Dort krächzte und brüllte Pfarrer Gottlieb Zumberg stundenlang lauthals die wüstesten und derbsten Verwünschungen zum kleinen Kirchturmfenster hinaus und über die Dächer hinweg. Er prophezeite den Ungläubigen hysterisch schreiend, beinahe kollabierend, das unmittelbar vor der Tür stehende Jüngste Gericht. Zwischendurch terrorisierte er die dem teuflischen Holzmaserungsglauben Verfallenen, indem er willkürlich zu allen Tages- und Nachtzeiten die Kirchglocken toben liess, bis der Kirchturm wackelte.

Besonders aktiv war der Grundgütige um den Vollmond herum. Da kreischte er im Kirchturm droben ganze Nächte lang ununterbrochen wirres Zeug über das Dorf hinweg. Er tobte in vollen Zügen wie ein Berserker.

Das muss ein irres Bild gewesen sein, dachte ich, während der Alte mit seiner Geschichte fortfuhr.

Eines Tages hatten die Finsterbodenmattener genug von diesen andauernden rüden Vorhaltungen und Hochwürdens ständigem Radau. Sie holten, vom alten Alois Zumholz angestachelt und aufgehetzt, den für sie inkompetenten und ungläubigen schwarzen Mann vom Kirchturm herunter und trieben ihn zur Kirche hinaus, um ihn in einer wilden Hatz vom Dorfe wegzujagen, ja gar mit Schlägen und Tritten zum Dorf hinauszuprügeln.

Er soll sich in der Sonnenuntergangsschlucht verkrochen haben. Manchmal sei denn auch im Dorf zu hören gewesen, wie er zusammenhanglose Bibelworte und abstruses Zeug an den Felswänden hinauf geschrien habe. Er soll mit dem Echo um die Wette gerappt haben, um eines Tages plötzlich zu verstummen. Es gingen merkwürdige Gerüchte um: Er sei nach Wohlen im geilen Kanton Aargau gezogen und betreibe dort einen florierenden Autooccasionshandel. Wobei niemand im Dorf genau wusste, woher diese Gerüchte gekommen waren.

Die Finsterbodenmattener Holzmaserungssekte war fortan auf jeden Fall von der unliebsamen Glaubenskonkurrenz und Hochwürdens mahnendem Finger befreit. In der Folge regierte nur noch die Sippe Zumholz. Habgierig, ultimativ skrupellos, selbstherrlich und anmassend unterdrückten sie die komplett eingeschüchterten und insgeheim gänzlich verängstigten Dorfbewohner. Die Zumholzsippe verlangte fortan uneingeschränkte Hörigkeit.

Nebst der althergebrachten Brettersägerei erweiterte der Clan seine allein auf raffsüchtiges Geldanhäufen ausgelegte Geschäftemacherei um eine Holzmaserungswahrsagerei, eine Holzmaserungslebensberatung und eine ebensolche Gesundheitsberatung mit integriertem Kräuter-, Pillen- und Salbenhandel. Alles aus der eigenen Produktion.

Zugleich hat der alte Zumholz den gehörig unterdrückten Dorfbewohnern die Verwendung oder auch die Herstellung von traditionellen Hausmittelchen streng verboten.

Selbstverständlich mussten alle diese neu feilgehaltenen Dienstleistungen von den Finsterbodenmattener gegen ein nicht geringes Entgelt zwingend in Anspruch genommen werden. So las der alte Zumholz den so Geknechteten eben auch diese neue Pflicht aus den Holzmaserungen ihrer Schicksalsbretter heraus.

Lehrer und andere studierte Scharlatane waren schon seit sehr langer Zeit auf dem gesamten Gemeindegebiet entschieden nicht mehr geduldet. Die Zumholzer Sippe verfluchte diese Buchstabenprediger und Messingaffen als boshafte Ignoranten, als Abgesandte des Planeten Pluto und als Unheil verbreitende Geisseln der Menschheit, alle von durchwegs dunklen Mächten beherrscht und nur darauf aus, das Volk schamlos auszunehmen und es sich untertan zu machen.

Wollte man einen Arzt aufsuchen, hätte man den beschwerlichen Abstieg ins Tal beschreiten müssen, um am Tag darauf wieder hochzusteigen. Das war den Finsterbodenmattener aber zu mühsam und zu Winterszeiten gar nicht möglich. So hatte man sich bis anhin mit alten Hausmittelchen beholfen. Bis eben zu dem Zeitpunkt, wo der alte Zumholz dieselben verbot.

Über viele Jahre hinweg lebten die Finsterbodenmattener bereits in der zweiten Generation völlig unterwürfig und der Zumholzsippe zu Füssen kriechend nach dem ihnen bei ihrer Geburt eingeprägtem Leitspruch:

«Bei allem, was du tust und was du denkst, halte immer dein Brett vor Augen, das Brett deiner Lebensmaserung. Im Namen des Holzes, des Brettes und der Maserung in optima forma!»

Wo sie sich auch aufhielten, sie hatten ihr Schicksalsbrett ständig bei sich.

Das muss ein irre köstliches Bild gewesen sein, die Finsterbodenmattener unterwegs im Dorf, auf dem Feld, im Stall,
im Gemüsegarten, alle immer mit ihrem Brett unter dem
Arm. Etwa so, wie seinerzeit Moses mit den zwei Gebots-
tafeln in der Wüste. Item!

Sie gingen nie besonders weit, äusserstenfalls bis auf ein
paar wenige Schritte an die Grenzen des Gemeindegebie-
tes, das gegen das Tal hin durch eine beinahe senkrecht
abfallende Felswand und gegen das Gebirge durch den Gebirgsföhrenwald und durch steilen Felsen begrenzt war. Alles, was sich ausserhalb des Gemeindebannes befand, war
für die etwas weltfremden Finsterbodenmattener ganz einfach die Ausserwelt und tabu. Wie gesagt, es führte zwar
ein stotziger, sehr gefährlicher und mühsam begehbarer
Weg an der Felswand hinunter in Richtung Gebirgswirtshaus «Sumpfberg» und von da eine kleine Strasse ins Tal
hinunter. Eine zweite Möglichkeit war ein Abstieg durch
die Sonnenuntergangsschlucht. Beide Wege wurden aber
nur äusserst selten bis nie begangen, allenfalls, wenn für
die Zumholzsippe irgendein Luxus hochgeschafft werden
musste. Warum auch mehr, wenn überall in der Ausserwelt
nur das Böse lauerte? Hin und zurück brauchte man zwei
volle Tage.

Nur eine einzige Finsterbodenmatterin und ein einziger
Finsterbodenmatter verliessen das Dorf in der Holzmaserungsepoche und somit diese verschworene Gemeinschaft
von Holzmaserungsgläubigen in all den vielen Jahren und
setzten sich heimlich in die Ausserwelt ab. Bei Nacht und
Nebel verliessen die beiden jungen Menschen, die aus der
dritten Generation der Holzmaserer stammten, ihr Dorf.
   Diese Nacht- und Nebelaktion von Sepp und Hulda – so
hiessen die beiden – war strikte gleichbedeutend mit dem

sofortigen und unwiderruflichen Ausschluss aus der Gemeinschaft der Holzmaserer. Nicht mal für einen kurzen Besuch hätte man ihre Anwesenheit geduldet. Für das Holzmaserungsoberhaupt Zumholz den Zweiten waren die beiden dem Holzbock ab dem Karren gefallen.

Hulda betätigte sich in einem mehr als anrüchigen Lokal im Zürcher Vergnügungsviertel als Barmaid, schalmeierte dort vordergründig den männlichen Barbesuchern vulgäre Hingabe vor und leerte ihnen dabei berechnend und mit durchtriebener Raffinesse die Geldbeutel. Hulda häufte auf diese Weise eine beachtliche Menge Kohlen an – gerade so, als ob Zumholzblut in ihren Adern geflossen wäre.

Sepp arbeitete anfangs in einem Postverteilzentrum, machte dann aber in der Ausserwelt eine grosse Karriere. Er trat als Holzmaserungsgebirgsjodler auf, erst mal nur bei kleinen Anlässen, auf feuchtfröhlichen Betriebsfesten wie auch an Hochzeitsfeiern und dergleichen. Sepp führte dazu nicht wie andere Jodler eine Mappe mit Musiknoten, sondern eine sperrige Kiste gefüllt mit Brettern aus verschiedenen Hölzern mit sich. Aus den Maserungen dieser Bretter las er die schönsten Gebirgsjodeleien heraus.

Sepp wurde immer berühmter und begeisterte mit seinen Holzmaserungsmelodien in der Ausserwelt nach kurzer Zeit eine riesige Fangemeinde. Wenn Sepp sang, waren die Gemeindesäle und Turnhallen ausnahmslos zum Bersten voll. Sozusagen auf den Brettern, die die Welt bedeuten, bretterte Sepp irre, furiose Holzmaserungsjodlereien vom Brett weg aus dem Hals hinaus.

Sepp und Hulda heirateten später und zeugten miteinander vier Kinder. Sie lebten, soweit es möglich war, unauffällig und zurückgezogen in einem Doppeleinfamilienhaus in der kleinen aargauischen Gemeinde Bünzmergen. Der hübsche Sepp war bisexuell und trieb es nebenbei noch mit einem Moderator einer Lokalradiostation, der zugleich auch sein Promoter war.

Mit ihrem Nachbarn, einem liebenswürdigen, pensionierten Autooccasionshändler aus dem benachbarten Wohlen, pflegten sie ein ausgesprochen gutes Verhältnis.

Hulda und Sepp liessen sich dann noch einen putzigen Wintergarten vors Wohnzimmerfenster bauen. Um das Taschengeld ein wenig aufzubessern, betrieb Hulda nebenbei einen unzüchtigen Massagesalon in der Nachbargemeinde Günziswangen, allwo sie an drei Nachmittagen in der Woche diskret als Regionalmatratze zur Verfügung stand.

Die Sippe Zumholz hatte die Finsterbodenmattener voll im Griff, und zwar eisern. Keine Entscheidungen, und waren diese noch so belanglos, wurden ohne den kategorischen Einfluss des Sippenoberhauptes, also des amtierenden Holzmaserungspriesters, gefällt. Auf diese Art scheffelte die Bande Zumholz gewaltig Moneten zusammen.

Angefangen mit dem obligatorischen Kauf eines teuren Schicksalsbrettes, über die Holzmaserungswahrsagereien und Lebensberatungen selbst für banale Alltäglichkeiten, bis hin zu medizinischen Holzmaserungsdiagnosen, wurde der gesamte Lebensablauf der Finsterbodenmattener von der Zumholzsippe diktiert. Ultimativ! Widerspruch wurde nicht geduldet.

Beim alten Zumholz musste täglich von jeder Familie stellvertretend ein Mitglied vortraben und die Zukunft lesen und deuten, die in den Holzmaserungen der Schicksalsbretter geschrieben stand.

Dabei schwafelte der üble Scharlatan jenen wirren Stuss zusammen, einfach, was ihm gerade so einfiel. Auf Grund seiner kruden Fantastereien bestellte er je nach Lust und Laune zusätzlich noch weitere Familienangehörige in seine Sprechstunde.

Er verlangte von seinen Holzmaserungspatienten, meist nebst dem fetten Honorar in Moneten, zusätzlich auch noch Schuldbegleichung in Form von allerlei Naturalien, Speis und Trank. Und davon nur das Allerbeste. Dazu überreichte die Alte vom alten Zumholz dem Sippenoberhaupt jeweils morgens eine Liste. Da stand geschrieben, was im Moment gerade fehlte in der Speisekammer. Etliche Dorfbewohner mussten sich mangels Geldes ihren gesamten Obolus vom Mund absparen.

Diese sogenannten Opfergaben mussten die gebeutelten Finsterbodenmattener in einem Opferkasten deponieren, der in der dicken Hauswand auf der Rückseite der Zumholzvilla eigens dafür eingebaut worden war. Die Zumholzerinnen hatten dann wiederum die Aufgabe, diesen Kasten, der auch von der Hausinnenseite her zugänglich war, stetig zu entleeren. So raffte die eh schon vollspeckig verfressene Sippe Zumholz Tag für Tag frischeste Lebensmittel aller Art zusammen und schlug sich damit ohne Mass die Bäuche voll.

Die Opferbringenden waren unter massiven Androhungen von sofort schwer einsetzendem Haarausfall, Filzläusen unheilbarem Hämorrhoidenbefall, unzähligen Eiterbeulen im Gesicht und anderen fürchterlichen Widerwärtigkeiten strengstens angehalten, ihre Opfergaben möglichst unauffällig zu hinterlegen. Mit niemandem ausserhalb des engsten Familienbundes durfte darüber gesprochen werden.

Die Zumholzsippe war auch absolut allein zuständig für medizinische Beratungen aller Art. Dazu gab der alte Zumholz vor, den Verlauf der Holzmaserungen auf dem Schicksalsbrett des Ratsuchenden eingehend zu studieren und in irgendeiner kruden Weise zu interpretieren. Dieses merkwürdige Schauspiel untermalte Zumholz gelegentlich mit Zischlauten und wildem Fuchteln mit seinen Armen.

Beim Maserungsstudium hielt er ein Vergrösserungsglas in der linken Hand und richtete es in erster Sicht auf das Brett. Alsdann guckte er mit stechendem Blick durch die Lupe dem Holzmaserunsgläubigen tief in die Augen, um ihm dabei das Ergebnis seiner Untersuchung mitzuteilen.

In mahnendem Ton und mit erhobenem Zeigefinger dozierte Zumholz sodann grosskotzig über die Ursachen und möglichen Verläufe. Er schwafelte aufgebläht über die dringend notwendigen Behandlungsmöglichkeiten der die Finsterbodenmattener gelegentlich plagenden Krankheiten. Wenn keine Krankheiten offensichtlich waren, begann Imholz kurzerhand welche zu erfinden.

«Sirius pyramidalium existentialis punktum in optima forma, Brett sei mit dir und deiner Maserung – rrr-hoo-rrr-hoo-rrr-hoo-rrr-hossa!», schloss der Holzmaserungspriester Zumholz jeweils eindringlich die geschwollenen, fanatisch vorgetragenen Ausführungen.

Danach verschrieb er seinen eingeschüchterten Patienten jene Mengen von staubigen Kräutermischungen, stinkig abgestandenen Flüssigkeiten und anderen eigentümlichen Quacksalbereien.

Sämtliche sirianisch bestrahlten Medikamente – wie Imholz sie geheimnisvoll und in Anlehnung an den von ihm auserwählten Holzmaserungshimmelskörper Stern Sirius benannte – konnten selbstverständlich und obligatorisch einzig und allein in der sippeneigenen Spezialhandlung für medizinisch sirianische Heilpräparate auf dem Dorfplatz bezogen werden.

«Du glaubst es nicht», berichtete mir der Alte, «aber tatsächlich konnte Zumholz bisweilen mit seinen kuriosen Prognosen und abstrusen Diagnosen einen Zufallstreffer landen. So zum Beispiel beim Patienten Oskar Hinterdermauer.» Und er fuhr in seiner Geschichte fort:

Oskar litt an schwerer, fortgeschrittener und unheilbarer Priosinoptis malcea abstrusis und war schon nahezu tot, als die betrübten Angehörigen ihn auf einer Bahre zu Zumholz brachten. Zumholz untersuchte mit der obligaten Lupe Oskars Schicksalsbrett eingehend.

«Schau mal, Oskar, gemäss deinem Schicksalsbrett ist deine Zeit genau genommen abgelaufen. Du wurdest von Sirius mit dieser schweren Krankheit gesegnet, da du sonst über die für dich in der Holzmaserung vorbestimmte Zeit hinaus hättest leben müssen. Also Oskar, Brett sei Dank kannst du rechtzeitig ins warme Licht unseres geheiligten Sirius treten, wie es hier gemasert steht. Brett sei mit dir und mit deiner Maserung in optima forma», sprach Zumholz.

Der todkranke Oskar starb zwei Stunden später, wie von Zumholz vollmundig vorhergesagt.

«Habt ihr gesehen, all ihr elenden Sünder und schmutzigen Geschöpfe dieser Erde, ihr kleinen Pickel auf dem Arsch des Weltalls, gestern hat unser uns wohlgesinnter Sirius kurz, aber kräftig hell aufgeleuchtet, heller als sonst! – ER, Sirius, hat Oskar in sein Spektrum aufgenommen. Sirius totalitarium potentialis magnus in optima forma!», beschwor Zumholz am Grab von Oskar Hinterdermauer mit lauter Stimme.

Da nicht ein Finsterbodenmatter genau wusste, welches Gestirn am nächtlichen Himmel droben denn nun präzis der einzig und allein auserkorene Holzmaserungshimmelskörper Sirius war, hatte Zumholz leichtes Spiel mit seinen Behauptungen. Für die Finsterbodenmattener, inbegriffen die Zumholzsippe, waren nämlich die unzähligen Punkte, die in der Nacht am Firmament leuchteten, sowieso nur ein völlig unordentlicher Sauhaufen, der dazu auch noch ständig in Bewegung war.

Die Sippe Zumholz kam nach und nach zu einem immensen Reichtum. Ihre Geldsäcke füllten sich bis obenhin, während die Finsterbodenmattener immer ärmer wurden. Als im gesamten Gemeindebann kein Geld mehr im Umlauf war, weil die Zumholzens alles zusammengerafft hatten, waren die Eingeborenen gezwungen, die kostspieligen Dienste und Beratungen von Zumholz mit Landanteilen, Hausteilen, noch mehr Naturalien oder mit Arbeitsleistung abzugelten.

Die Zeit verging. Es kam der Tag, an dem das vollständige Gemeindegebiet, alle Häuser, alle Gärten, der Gebirgsbach, der kleine Fischweiher, alle Weiden, alle Wälder, alle Reben, alles Vieh, alle Ziegen, Hühner und Kaninchen, einfach alles im Eigentum der Sippe Zumholz war.

Die Sippe herrschte über alles. Sie hatten auch schon früh begonnen, sich wie Herrschaften aufzuspielen. Sie traten überhaupt auf, wie man es von arroganten königlichen Clans her bestens kennt. Geheiratet wurde ausschliesslich in der Sippschaft. Zumholz zu Zumholzerin und umgekehrt war die Devise; gerade so, wie sie es von anderen, sogenannt adligen Mischpoken vorgemacht bekommen hatten.

Durch die ständige Sippeninzucht wurde der geistige, schon vorher nicht sonderlich hohe Horizont der raffgierigen Sippe immer beschränkter. Ja er nahm allmählich Züge der vollkommenen Verblödung an. Ihr Blut, das immer dünner und wässeriger geworden war, bekam nach und nach gar einen Stich ins Blaue.

Die übrigen Finsterbodenmattener selber aber fristeten ein mehr als kärgliches, gar ein jämmerliches Dasein. Längst waren sie nichts anderes mehr als regelrecht ausgebeutete Sklaven oder erbärmlich gehaltene Untertanen. Grosse Armut, gewaltiger Kummer, Hunger, Not und Elend herrschten. Die Zumholzens genossen dafür fett und ausgelassen opulente Feten über Feten oder liessen bei zügellosen Orgien die Sau raus.

Unter den Dorfbewohnern bildete sich Widerstand gegen die Protzbande. Zuerst nur in Gedanken. Es rumorte gewaltig in den geschundenen Seelen der Geknechteten. In der Folge organisierten eines Tages Vereinzelte ein erstes Treffen im Versteckten. Zuerst waren sie eine kleine, mit der Zeit aber eine immer grössere Gruppe. Zu guter Letzt folgte der Tag des definitiven Aufstandes gegen die totale Unterdrückung und Ausbeutung.

Wenn du mich fragst, hätten sie schon viel früher auf die Hinterbeine stehen sollen oder es mit dieser Gaunerbande erst gar nicht so weit kommen lasssen dürfen. Aber eben, mit Aberglauben und durchtriebenem, bigottem Sektentum kann man auch heute noch einfache Leute verblenden und Geld scheffeln.

Item!

Sämtliche geknechteten Dorfbewohner versammelten sich in einer kalten Frühlingsnacht heimlich etwas ausserhalb des Dorfes. Daraufhin marschierten sie nach kurzer Beratung über das Vorgehen geschlossen zu den Prunkbauten der Zumholzens. Unter anderem hatten sich diese auch die Kirche angeeignet und sich darin präsidial eingerichtet, mit allem Komfort, mit Heizung und jenem Luxus. Derweil mussten die gebeutelten Untertanen in ihren kalten, kümmerlichen Hütten im Winter elendiglich frieren. Denn Holz zum Heizen war keines mehr da. Das war der Zumholzsippe für all die sonderbaren Lebensberatungen und die damit verbundenen weiteren Aufbürdungen das Jahr über, wie anderes auch, in Zahlung gegeben worden.

Die Aufständischen holten die selbsternannte Adelsbrut aus ihrem Bett und trieben die Bande ohne langes Federlesen zum Dorf hinaus in Richtung Sonnenuntergangs-schlucht.

Dort versperrte dem sogenannten Finsterbodenmatte-ner Hochadel ein mit Messern, Sensen, Mistgabeln, Re-chen und grossen Holzscheiten ausgerüstetes Vorauskom-mando den möglichen Fluchtweg durch die Schlucht hin-unter und schleuste das kreischende Pack in Richtung der steilen Schluchthalden. Wenn die Zumholzvaganten den tödlichen Prügeln der zu Recht heftig aufgebrachten, jahr-zehntelang auf übelste, gemeinste Art unterdrückten und hemmungslos ausgebeuteten Finsterbodenmattener mit Sicherheit entgehen wollten, blieb ihnen kurzerhand nur der Sprung in die tiefe Schlucht hinunter, in den Abgrund.

Bald einmal lag die ganze Schmarotzerbrut zu Tode ge-stürzt in der Schlucht, tief unten auf einem Haufen. Dort liess man sie liegen.

Im darauffolgenden Sommer kam es in jenem Bereich der Sonnenuntergangsschlucht, wahrscheinlich ausgelöst durch ein eher schwaches Erdbeben in der Region, zu grö-beren Gesteinsverschiebungen. Es rumpelte bedrohlich in der Schlucht. Dabei wurden die Gebeine der Zumholzsippe für immer und ewig mit massenhaft Geröll und grossen Felsbrocken zugedeckt.

Nach der bestens gelungenen, unerbittlichen Vertreibung der gesamten Zumholzbrut rotteten sich die nun vom Bö-sen befreiten Finsterbodenmattener noch am Ort des fina-len Geschehens zusammen. Sie umarmten einander, sie heulten, sie lachten. Die meist gehörten Worte waren:

«Endlich frei! Endlich frei!»

«... eieiei», hallte das Echo mehrfach von den Gebirgs-felsen zurück.

Danach trotteten sie in voller Eintracht und unglaubbar

erleichtert ins Dorf zurück und versammelten sich in der schön geheizten Kirche, um über das weitere Vorgehen zu beraten.

Niemand von ihnen hatte die geringste Lust, weiterhin in diesem Dorf zu bleiben. Zu schrecklich waren die Erinnerungen an die vergangene, entsetzliche Zeit. So beschlossen sie, die gesamten Schätze, welche die Sippe Zumholz über all die Jahre zusammengerafft hatte, redlich untereinander aufzuteilen, um danach das Dorf für immer zu verlassen.

Zwei Tage später versammelten sie sich am frühen Morgen samt Hab und Gut auf dem Dorfplatz. Mit dabei das Vieh, dem sie allerlei Habseligkeiten auf den Rücken gebunden hatten, sowie alles Kleingetier.

Als letzten Akt ihres gelungenen Aufstandes setzten die Finsterbodenmattener kurz vor ihrem Abmarsch die ehemalige Kirche in Brand. Dazu tanzten sie zusammen ausser Rand und Band Ringelreihen und jubelten ausgelassen ihre Erleichterung von der Seele.

Punkt sieben Uhr morgens – die Sonne schickte eben ihre ersten Strahlen ins Tal – setzte sich die Gemeinschaft in Bewegung. Einige Male hielten sie ein, um einen kurzen Blick zurückzuwerfen und in voller Traurigkeit an die vergangenen, elend schlimmen Zeiten zu denken. So konnten sie den Schmerz über den Abschied von ihrer Heimaterde in Freude über eine hoffentlich glückliche Zukunft wandeln.

Einer Prozession gleich bewegte sich die langgezogene Karawane still zum mühsam begehbaren Gebirgsweg hin, der sie zuerst zur Aussichtsterrasse beim Gebirgswirtshaus «Sumpfberg» und von da ins Tal hinunterführen sollte. Es war ein äusserst mühevolles Unterfangen, dem sich die Finsterbodenmattener hingaben. Allein der Glaube an eine bessere Zukunft liess sie die Strapazen glatt vergessen.

Die Bahnhofsuhr zeigte gerade zehn vor fünf Uhr nachmittags, als sie im Talgrund bei der Bahnstation Gleishütten erschöpft, aber glücklich und zufrieden anlangten. Dabei wurden sie von den herbeigeeilten Gleishüttener neugierig beobachtet.

Ausnahmslos alle Finsterbodenmattener hatten sich eisern vorgenommen, möglichst weit wegzuziehen, weit weg von Finsterbodenmatten. Dabei wollten sie strikte getrennte Wege gehen. Dies vor allem auch, um zu einer dringend notwendigen Blutauffrischung in der Sippe zu kommen. Sie alle wollten weit weg von dem Ort, wo sie über viele Jahre hinweg geknechtet worden waren und dabei gar Ungeheuerliches und Himmeltrauriges hatten erleben müssen. Sie verkauften alles Vieh und Kleingetier wie auch alles sperrige Hab und Gut vom Platz weg.

Zwei Tage waren vergangen, als sie alle zusammen den Zug bestiegen, der sie zum Tal hinaus bringen sollte. Das Tal hinter sich, verstreuten sie sich in alle Himmelsrichtungen. So gingen einige ins Ausland, zwei in den Kanton Aargau und andere weiss Gott wohin. Untereinander pflegten sie keinen Kontakt, da sie dabei nur immer wieder mit all den traurigen Erinnerungen konfrontiert worden wären. Hatten sie doch in ihrer Vergangenheit wahrlich wahrhaftig nichts Schönes erlebt, über das man hätte berichten können. Sie hielten die Türe zur Vergangenheit strikte geschlossen.

Zu gleicher Zeit tippelten ein strammer Ziegenbock und ihm hintennach zwei munter meckernde Geissen durch Finsterbodenmatten. Diese hatten die Auswanderer beim Alpabgang glattweg vergessen.

Der alte Mann schliesst, dabei fortwährend sein altes Brett umklammernd, die Geschichte mit den Worten:

«Und seither hat nie mehr auch nur ein einziger Mensch in Finsterbodenmatten gelebt.»

Redlich teilen wir die letzten Schlucke Enzian aus meinem Flachmann.

«Das ist ja eine gewaltige Schauergeschichte, die du mir da erzählt hast. Echt schauerlich. Und das hat sich wirklich alles so zugetragen?», frage ich den steinalten Mann.

«Natürlich! Du kannst mir die Geschichte getrost glauben. Es hat sich alles genau so zugetragen, wie ich dir erzählt habe. Es steht übrigens auch so auf diesem Brett gemasert. Siehst du, diese Maserung hier ...»

08

Alpentoni Superstar

Toni hatte fünf Geschwister, eine Schwester und vier Brüder. Er war – eben zwanzig Jahre alt geworden – der älteste Sohn von Gottfried und Imelda Imwald, die im Gebirgsdorf Gerschthütten einen kleinen Bergbauernhof betrieben. Es reichte knapp zum Leben. Nebst vier Kühen, einem Gehege voll aufgeweckter Kaninchen und ein paar putzmunteren Hühnern, angeführt von einem stolzen Gockel, hielten sie vor allem eine stattliche Schar von Ziegen. Die kleine Farm lag etwas abseits vom Dorf Gerschthütten, gleich am Eingang zum Hinterkrachentobel.

Wenn nebst seiner Mithilfe zuhause die Zeit noch reichte, betätigte sich der arbeitsame Toni im ortsansässigen Baugeschäft Gyger, Sohn & Cie. und legte dort als Gelegenheitsarbeiter enormen Fleiss an den Tag.

Vorgesehen war, dass Toni das Heimatli seiner Eltern später einmal übernehmen würde. Für eine anständige Lehre hatte es nicht gereicht, denn der Familie Imfeld fehlte das Geld an allen Ecken und Enden. Trotzdem pflegten sie ein heiles Familienleben und waren froh und glücklich zusammen.

Seit einiger Zeit war Toni allerdings schwer betrübt. Die Erfüllung seiner heimlichen Liebe blieb ihm verwehrt. Er empfand unsägliche Gefühle für die gleichaltrige Leni, obwohl dieselbe ihn bei jeder sich bietenden Gelegenheit auf niederträchtige Art und Weise hänselte, verspottete und verhöhnte. Sie war die Tochter des Försters Ignaz Zumwald und hatte mehr mit einem Flittchen gemeinsam als mit einem sittsamen Gebirgsmädchen.

Nicht ganz dreizehn Jahre alt war Leni gewesen, als ihre

Mutter an einer Pilzvergiftung verstorben war und Förster Zumwald zum Witwer und Leni zur Halbwaise gemacht hatte. Eigenartig an der damaligen Pilzvergiftung war allerdings gewesen, dass weder die Tochter Leni noch der Förster selber etwas von den anscheinend giftigen Pilzen im Nachtessen abbekommen hatten. Hinter vorgehaltener Hand wurde im Dorf gemunkelt, Ignaz Zumwald habe sich seine ausgezeichneten Pilzkenntnisse zu Nutzen gemacht, um sein überaus böses und schlampiges Weib für immer loszuwerden. Zumwalds Tochter Leni schien auf jeden Fall ihrer Mutter, was die Boshaftigkeit betraf, alle Ehre zu erweisen.

«Geissentoni, Geissentoni, Geissentoni», stichelte Leni jeweils spöttisch, wenn Toni mit den Ziegen am Haus des Försters vorbeizog. Toni machte das sehr traurig.

Auch beim letzten Dorfrummelrammelfest, als Toni die Leni schüchtern zum Tanze bat, lachte sie ihm lauthals und hämisch ins Gesicht:

«Du stinkst nach Ziegenmist, Geissentoni!»

Toni machte sich daraufhin tief betrübt und bis ins Innerste verletzt davon. Und trotzdem, seine Gefühle für Leni, die ein ganz übles Spiel mit ihm spielte, waren einfach da, wie für immer eingeschnitzt in seinem Herzen.

Als er zwei Tage später wieder einmal bei Gyger, Sohn & Cie. arbeitend einen Kanalisationsgraben ausschaufeln musste, zerbrach dabei der Schaufelstiel. Der Vorarbeiter hiess ihn, sich im Magazin einen neuen Stiel zu holen. Dort erwartete Toni ein weiterer, schmerzlicher Tiefschlag.

Als er die Magazintüre geöffnet hatte und halbwegs eingetreten war, bot sich ihm ein für ihn entsetzlich erbärmlicher Anblick. Hinten beim Zementsacklager trieben es August, der Sohn des alten Gygers, und Leni heftig miteinander. Ohne ihr hemmungsloses Treiben zu unterbrechen, brüllte Gyger dem Toni zu:

«Zieh Leine, Grünschnabel, aber subito, und halt ja den Mund! Sonst werde ich dich was lehren.»

Gleichzeitig unterbrach Leni ihr Keuchen kurz und spottete:

«Ah, schau der Geissentoni!»

Toni schossen die Tränen in die Augen. Er behändigte schnell einen neuen Schaufelstiel aus dem Gestell und rannte an die Arbeit zurück. Dort begann er wie wild und unbändig drauflos zu schaufeln. Was das Zeug hielt, warf er mit Erde um sich, dabei am ganzen Körper zitternd, vor Gram und vor elender Verzweiflung.

Trotz aller Schmach, Toni blieb völlig besessen von seiner geradezu krankhafte Züge annehmenden Liebe zu Leni. Er quälte sich durch den Alltag, weinte vor dem Einschlafen allabendlich viele, bittere Tränen ins Kopfkissen hinein und verlor zusehends all seine Lebensfreude.

Mutter bat ihn – seine Nöte bemerkend – mehrere Male um ein Gespräch. Da sassen sie dann vor ihrem bescheidenen Heim auf der Holzbank, den Blick auf das vor ihnen liegende, stotzige Hinterkrachentobel gerichtet. In dem bei der Bank als Rückenlehne quer montierten Brett war in geschwungener Schrift das Wort «Feierabend» eingeschnitzt.

Mutter war selber sehr bedrückt von dem Leid, das ihrem lieben Toni zugefügt wurde. Sie versuchte beruhigend auf ihn einzureden, verfiel dabei aber vielfach in einen beschwörenden Ton:

«Schau, Toni, Leni ist doch keine Frau für dich. Für dieses Fickflittchen bist du viel zu schade. Du hast eine liebe Frau verdient, eine Frau, die dir Liebe zurückgibt, wie du ihr Liebe gibst. Irgendwann wird dir diese Frau begegnen, und eine solche Liebe wird dich glücklich machen und nicht traurig. Leni ist nichts als ein ungezogenes, schlampiges Lotterding. Zu aufrichtiger Liebe ist diese schamlose Alpenlandmatratze doch gar nicht fähig.»

Es war, als hätte Tonis Mutter an eine Wand geredet. Toni fand einfach den Dreh nicht, um sich aus dieser erdrückenden Obsession zu lösen.

«Leni werden vielleicht einmal die Augen aufgehen, und dann kann ihr Herz sich für meine tiefen Gefühle öffnen», versuchte er sich in Gedanken zu trösten.

Geöffnet wurde aber nicht Lenis Herz, sondern zum wiederholten Mal wurden seine Augen geöffnet. Es geschah an einem schönen, warmen Herbsttag. Toni hatte soeben die Ziegenschar auf die Weide gebracht und ging darauf im nahen Wald auf die Jagd nach leckeren Speisepilzen. Er hatte schon ein paar schöne Butterröhrlinge, einige Pfifferlinge, zwei prächtige Steinpilze und allerlei andere wohlschmeckende Delikatessen in seinem Pilzkorb, als er bei einer abgelegenen, kleinen Waldlichtung vorbeikam. Am Rande der Lichtung erntete er einen grossen Birkenröhrling und gewahrte dabei unverhofft das überdimensionale, protzige Geländefahrzeug GTXL4x4 vom alten Gyger parkiert.

«Was macht denn dieser GTXL4x4 hier oben?», murmelte er vor sich hin.

Er näherte sich dem Auto und sperberte durch die Fenster ins Wageninnere. Oh Schreck, welch erniedrigender Anblick für Toni. Im hinteren Teil des XL4x4 – die Sitze ausgeräumt – rammelten sich der alte Gyger und Leni ungezügelt und enthemmt die Lust aus ihren Leibern. Gyger schnaubte beim Anblick des fassungslosen Toni nur kurz, aber bestimmt:

«Verschwinde, Imwald, aber sofort, verdammter Spanner!»

Leni, wiederum höhnisch lachend, doppelte nach:

«Schon wieder der Geissentoni!»

Toni wusste nicht, wie ihm geschah. Nach einer kurzen Zeit der Erstarrung machte er schnurstracks kehrt und rannte über die Lichtung in den Wald hinein, als ob ihn tausend Hornissen jagen würden. Er rannte und rannte, dabei sich die Ohren mit beiden Händen zuhaltend, wie wenn grosser Lärm über ihn hereingedröhnt wäre. Den Pilzkorb mit den feinen Pilzen liess er in seiner hellen Aufregung zurück. Er rannte ziellos im teilweise stotzigen Gelände umher. Erst als ihn die Kräfte verliessen, fiel er völlig erschöpft zu Boden. Immer noch hatte er beide Hände auf die Ohren gedrückt und schrie laut und voller Verzweiflung in den Wald hinein:

«Nein, nein, oh nein, nein!»

Immer wieder.

So daliegend begann ihn ein heftiger Weinkrampf zu schütteln. Toni war nicht mehr voll bei Sinnen, nur noch ein bedauernswertes, weinendes Bündel.

Nach geraumer Zeit fiel er, von schwerer Müdigkeit überwältigt, in einen tiefen Erschöpfungsschlaf. Nicht nur körperlich, sondern auch in der Seele und im Herzen war er total abgehetzt.

Völlig entkräftet im Schlaf versunken, erschien Toni im Traum wahrlich ein wunderschönes, liebliches Angesicht mit blondem, lockigem Haar. Die Fee hauchte wie aus der Ferne sprechend in sein Gehör:

«Toni, du bist ein voll lieber, toller Kerl. Geh in die Welt hinaus. Ich warte auf dich!»

Und weg war das Engelsgesicht.

Erst gegen Abend, als im Dorf drunten die Glocken zur Abendmesse läuteten, wurde er wieder wach. Etwas verwirrt und das unbeschreiblich schöne Antlitz der Traumfee vor Augen, wusste er zunächst nicht, wo er sich befand. Brockenweise fiel ihm das Vorgefallene wieder ein – und plötzlich schoss es ihm jäh durch den Kopf:

«Die Ziegen, die Ziegen!»

Blitzartig erhob er sich und rannte, was die Beine hergaben, zur Weide, rief die Ziegen zusammen und marschierte eiligen Schrittes nach Hause. Unterwegs wurde er innerlich immer wieder befallen von seinem kurzen und doch so eindrücklichen Traum von dem wunderschönen, reinen Frauengesicht, das ihm sanftmütig in einer entzückenden, zauberhaften Art Worte zugeflüstert hatte, wie er sie bis dahin noch nie von einer Frau zu hören bekommen hatte.

So muss wohl wahrhaftig wahre Liebe sein, dachte er.

Zum ersten Mal seit langem spürte er wieder einmal ein Gefühl des Glücks in seinem Herzen. Er machte seiner Freude hin und wieder Luft mit einem kurzen, lauten Gebirgsjauchzer, den die ihm artig folgenden Ziegen jeweils mit einem mehrstimmigen «Määähäääähhääää» untermalten.

Da Toni sich um einiges verspätet hatte, erwarteten ihn seine Lieben zuhause ungeduldig, ja etwas bang. Denn vor allem Mutter wurde zwischendurch von argen Befürchtungen gequält, Toni könnte sich in seinem Schwermut gar ein Leid antun. Doch seine aufgeräumte, frohgemute Stimmung beruhigte und erleichterte sie alle. Es war auch nicht schwer zu bemerken, dass in Toni eine positive Wandlung vorgegangen sein musste. Toni trällerte und sprühte vor Freude wie schon lange nicht mehr. Die ganze Familie nahm das mit wohltuender Befriedigung zur Kenntnis. Sie schienen sich mit Toni zu freuen, allerdings wussten sie ja nicht, was Toni so überraschend zu solcher Fröhlichkeit veranlasst hatte.

Nach dem Abendessen setzte er sich mit seiner Mutter wieder einmal auf die Holzbank vor dem Haus und erzählte, was geschehen war.

«Weisst du, Mutter, das war ein unbeschreiblich schönes Angesicht, das mich da im Traum angelacht hat.»

Am Schluss seiner Erzählung meinte er zu Mutter:

«Ja Mutter, du hast voll Recht gehabt, ich bin zu schade für diese versaute Schlampe. – Und jetzt gehe ich in die grosse, weite Welt hinaus. Irgendwo wartet die mir im Traum erschienene, liebe Frau auf mich. Ich fühle das. Zudem muss ich nun endlich auch einmal versuchen, auf eigenen Beinen zu stehen.»

Mutter geriet ob dieser unverhofften Offenbarung ein wenig aus der Fassung. Einerseits war sie überglücklich über Tonis plötzliche Befreiung aus einer leidigen Obsession. Vor Freude hätte sie zugleich weinen und lachen können. Andererseits aber bedeutete es auch Abschiednehmen von ihrem lieben Buben. Auch das ein Grund, ein wenig zu heulen. Und die Tränen kollerten einfach über die Backen, weil es so rührend war. Letztendlich konnte sie der überraschenden Entwicklung aber nur Positives abgewinnen.

«Ich bin so froh für dich, und es wird sicher gut kommen, mein lieber Bub», sagte Mutter schluchzend zu Toni. Mit diesen Worten wollte sie auch in sich selber einen festen Glauben an eine gute Zukunft für ihren ältesten Sohn aufkeimen lassen und eventuellen Zweifeln und Ängsten resolut entgegentreten.

Bis tief in die Nacht hinein beschwatzten Vater und Mutter Imwald im Bett die unerwartete, glückliche Wendung und die plötzlich aufkommenden Absichten von Toni, draussen in der weiten Welt zielstrebig sein Glück zu suchen. Schliesslich meinte Vater überzeugt:

«Wir müssen ihn ziehen lassen, es wird gut sein für unseren lieben Toni.»

«Ja, es wird gut sein für ihn», doppelte Mutter nach.

Gottfried und Imelda Imwald hielten einander fest die Hände und schlummerten glücklich nebeneinander liegend in einen friedvollen Schlaf hinüber.

Bereits am Samstag darauf kam der Tag des Abschieds. Die ganze Familie stand vereint bei der Luftseilbahnstation, als Toni, nur mit einem Rucksäcklein bepackt, frühmorgens mit der Luftseilbahn allein in der Zweierkabine ins Tal hinunterschwebte. Sie winkten in einer Reihe stehend ihrem Toni nach. Als die Kabine schon weit unten und nur noch als winziger Punkt zu sehen war, mussten die Mutter und die Geschwister plötzlich alle schnäuzen. Verstohlen trockneten sie dabei die etlichen Tränen des Abschieds weg. Sogar der Vater rieb sich verstohlen die Augen, allerdings meinte er dazu mit unsicherer Stimme:

«Was ist mir jetzt da eine Gebirgsmücke ins Auge geflogen!»

Nach einem kurzen Ausschnaufen machten sie sich vereint auf den Heimweg. Als sie unterwegs bei einem Wegkreuz vorbeikamen, hielten sie einen Moment inne, um für ihren lieben Sohn und Bruder inbrünstig ein kurzes Gebet zu leiern, auf dass es ihm gut gehen möge und er sein voll fettes Glück finden werde.

Toni, im Tale drunten angelangt, bestieg das bereits wartende Postauto und fuhr mit demselben in einer knappen Stunde Fahrzeit zur Bahnstation hinunter und von dort mit der Eisenbahn in die grosse Stadt am See, nach Zürich. Da traf er kurz vor Mittag ein. Sein Herz klopfte, und seine Hände schwitzten, als der Zug in den Bahnhof einfuhr.

Auf der Fahrt waren ihm vielerlei Gedanken durch den Kopf gegangen. Er malte sich die Zukunft in allen Farben aus, hätte sich aber nicht im Entferntesten auszudenken gewagt, was wirklich auf ihn zukommen würde.

Einen Plan hatte er sich zuhause noch ausgeheckt. Dabei war er nicht unfroh, keine Lehre gemacht zu haben. So konnte er seine Karriere unbefangen und den Gang seiner beruflichen Laufbahn völlig frei in Angriff nehmen. Er konnte genau dort einsteigen, wo im Bilderbuch schon unzählige, legendäre und bedeutende Karrieren begonnen hatten. Sein erstes Ziel war, eine Stelle als Tellerwäscher zu finden, getreu der vielgehörten Redewendung «Vom Tellerwäscher zum Multimillionär».

Im Hauptbahnhof von Zürich angelangt, genehmigte sich Toni bei der Würstchenbude eine Bratwurst vom Grill und trank ein kühles, helles Bier dazu. Dabei zog er – an der Chromstahlbar stehend – mehrere Nasen voll von diesem Duft der grossen, weiten Welt in sich hinein. Um ihn herum herrschte emsiges Treiben, Menschen kamen, Menschen gingen. Die meisten von ihnen hatten den verschlossenen Blick unverwandt geradeaus gerichtet. Das lebhafte Gehen und Kommen der vielen Leute vor seinen Augen erweckte in Toni den Eindruck, es gelte auf dieser unserer Erde nur ein Gebot, nämlich unbedingt und kompromisslos in Eile zu sein, von da nach dort, ja gar egal wohin.

An der Stehbar nebenan grölte ein Besoffener, hinter der Würstchenbude kotzte ein ebensolcher auf den Boden, derweil Toni sein Vorhaben, zu einer flotten Stelle als Tellerwäscher zu kommen, in Gedanken noch einmal bis ins letzte Detail durchexerzierte.

Ein einfacher Plan, wie ihm schien, hatte er doch nur Wirtshäuser und Gasthäuser abzuklopfen und nachzufragen, ob im Moment vielleicht zufälligerweise eine Stelle als Tellerwäscher frei sei. Die Bratwurst gegessen, das Bier getrunken, machte er sich nach einem kurzen, halbwegs unterdrückten Rülpser auf den Weg.

Toni sprach bei Restaurant um Restaurant, bei Gasthaus um Gasthaus vor. Und überall beschied man ihm monoton die gleiche Antwort:

«Merci, daran haben wir keinen Bedarf, das macht bei uns die Geschirrspülmaschine.»

«Einen Aushilfskellner aber könnten wir dringend gebrauchen!», bekam er mehrere Male zu hören.

Toni aber, zielbewusst und hartnäckig auf den Posten eines Tellerwäschers ausgerichtet, lehnte jeweils dankend ab. Denn noch nie hatte er gehört, dass ein Aushilfskellner zum Millionär aufgestiegen wäre, während man doch von den grossartigen, unwahrscheinlichen Tellerwäscherkarrieren immer wieder in den Zeitungen lesen konnte.

Nach den vielen Nullnummern wurde er doch ein klein wenig ungeduldig und geriet in leichtes Zweifeln. Am Seeufer angelangt, setzte er sich müde vom vielen Asphaltlatschen auf eine Sitzbank.

«Du darfst die Hoffnung nicht verlieren, Toni! Aller Anfang ist schwer, das ist jetzt so und war es schon immer», munterte er sich selber auf. Nach kurzer Rast machte er sich wieder auf den Weg.

Es dürften über zweiundzwanzig verschiedene Restaurants, Pizzerien, Pubs und andere angeschriebene Häuser gewesen sein, bei denen Toni vorstellig wurde. Überall dieselbe Antwort. Es begann zu dämmern, als er in einem gediegenen Aussenquartier unverhofft vor einem feudalen Wirtshaus stand, davor ein dickbauchiger Pappkoch in Mannsgrösse. Auf dessen Kopf war eine überhohe Kochmütze montiert, und in den Händen hielt die Figur ein Schild, auf dem stand:

«FF-Küche, reelle Weine! Hier gut essen!»

An der Wand hing eine schwarze Tafel. Oben mit roter Farbe aufgemalt das Wort «Gästezimmer», darunter mit Kreide geschrieben «Zimmer frei».

Auf dem kolossalen Parkplatz neben dem stattlichen Haus standen lauter noble Karossen. Toni fand den Mut nicht, durch den Gasthauseingang einzutreten. Zögernd schlich er um die beeindruckende Liegenschaft herum. Hinter dem Gebäude kam er bei geöffneten Küchenfenstern vorbei. Er stellte sich auf die Zehenspitzen, um von der Küche ein paar Augen voll zu nehmen. Er war perplex ob des Anblicks. So etwas hatte er noch nie gesehen. Da war eine riesige, helle Küche, blitzblank. Darin legte eine eifrig arbeitende Küchenmannschaft eine wirblige Betriebsamkeit an den Tag. Und es duftete herrlich. Toni träumte tief beeindruckt:

«Ja, das wär's!»

Plötzlich erschien ein stattlicher Küchenmeister am Fenster. Er hatte eine ebenso mächtige Kochmütze auf dem Kopf und einen ebenso dicken Bauch unter der Schürze wie der Pappkoch vor dem Wirtshauseingang. Er fragte Toni nicht unfreundlich, aber doch kurz und bündig:

«Was suchst du hier?»

Toni stotterte ganz verlegen:

«Ich suche eine Stelle als Tellerwäscher.»

«Ja schau an, schau das an. Sensationell! Das ist genau das, was uns im Moment in unserem Team dringend fehlt. Komm rein, bei der Türe dort», sagte er, mit dem Finger auf einen Eingang am Ende des Fensterbandes zeigend.

Toni ging um das Kübeldepot herum, wo die für die Schweinefütterung bestimmten Essensreste vor sich hin gärten, zur besagten Türe und dort die zwei Stufen hinauf. Der Küchenmeister erwartete ihn bereits, musterte ihn von Kopf bis Fuss, streckte ihm freundlich die Hand entgegen und meinte:

«Du machst mir einen flotten Eindruck, komm rein. – Deinen Vorgänger mussten wir eben heute Nachmittag fristlos vor die Türe setzen, da wir diesen Sauhund zum wiederholten Male dabei erwischt haben, wie er aus niederträchtigen Gründen in die Salatsauce urinierte. Dieser Sauhund, verdammte.»

Tonis feste Hoffnung, eine kolossale Karriere in Angriff nehmen zu können, schien sich zu erfüllen. Das Schicksal hatte offensichtlich nachgeholfen. Er spürte Erleichterung und etwas Stolz zugleich. Meier, so hiess der Küchenchef, bat ihn gleich, sein Gebirgsrucksäcklein zu deponieren und mit dem Tellerwaschen zu beginnen. Meier versprach Toni, ihm nach der Arbeit die Unterkunft zu zeigen und alles weitere mit ihm zu besprechen.

«Zeig mal, was du kannst! Wenn alles gut läuft, werden wir uns schon einig», versicherte Meier, ehe er sich wieder hinter die Bratpfannen machte.

Toni legte sein Rucksäcklein beim Hinterausgang sorgfältig auf den Boden und machte sich unverzüglich an die Arbeit. Gegen Mitternacht, Toni hatte gerade den letzten, riesigen Berg an Tellern fertig gewaschen und in die Gestelle sortiert, kam Meier und lobte ihn in vollen Tönen:

«Fürs Erste hast du hervorragende Arbeit geleistet, Toni. Ich bin sehr zufrieden mit dir.»

Toni spürte in diesem Moment, wie es warm wurde um sein Herz und im Innersten eine wahrliche Verbundenheit mit seinen Lieben zuhause und zugleich etwas Heimweh aufkam. Dabei dachte er: Wenn das jetzt Mutter und Vater sehen könnten.

Die ganze Belegschaft setzte sich nach getaner Arbeit an den runden Tisch im Restaurant. Meier, der nicht nur der Küchenchef, sondern in ein und derselben Person auch noch der Wirt und Eigentümer des Restaurants war, stellte Toni seiner Küchen- und Serviermannschaft vor:

«Das ist der Toni Imwald, unser neuer Tellerwäscher. Toni kommt aus Gerschthütten im Hinterkrachental.»

Daraufhin offerierte Meier, wie gewohnt, allen seinen Angestellten einen Schlummertrunk nach freier Wahl. Gemütlich beisammensitzend, schwatzten alle durcheinander über dieses und jenes.

Toni fühlte – obwohl um ihn herum noch so vieles fremd war – eine totale Zufriedenheit. Nach einiger Zeit erhob sich Meier, wünschte allen eine gute Nacht und sprach zu Toni gewandt:

«Komm, Toni, ich zeige dir deine Loge.»

Sie stiegen miteinander drei Treppen hoch bis unters

Dach. Unterwegs überraschte ihn sein neuer Chef mit dem in Aussicht gestellten Lohn für seine Arbeit und erklärte ihm, am Mittwoch sei Ruhetag und das Restaurant geschlossen. Als sie im Dachstock droben an der ersten von zwei Türen vorbeikamen, sagte Meier auf dieselbe zeigend:

«Schau, Toni, das Zimmer neben deinem ist das Heiligtum von Vroni, dem Zimmermädchen. Vroni ist heute und morgen Sonntag aber nicht da, weil morgen ihre Mutter den Fünfzigsten feiert. So, und da nebenan wäre nun eben dein Zimmer.»

Die Türe öffnend, fragte er:

«Na, gefällt's dir, Toni?»

«Ja sicher, Herr Meier, sehr zufrieden bin ich.»

Es war ein wirklich heimeliges Zimmer unter der Dachschräge. Möbliert mit einem Bett, einem Kleiderkasten, Tisch und Stuhl, daneben ein bequemer Fauteuil sowie hinten neben der Tür ein Waschbecken mit Kalt- und Warmwasser. Den Boden schmückte ein bunter, sauberer Flickenteppich. Vorne rechts vom Tisch war in der Dachschräge eine putzige Lukarne eingebaut. Durch diese hatte man einen prächtigen Blick auf die hinter dem Haus liegenden Quartiergärten.

«Also, Toni, hab eine gute Nacht. Bis Morgen», wollte sich Meier verabschieden.

«Gute Nacht, Herr Meier, und vielen, vielen Dank für alles, Herr Meier!»

«Lass den Herrn weg, Toni, der sitzt im Himmel droben, sage einfach Meier zu mir, so wie die andern auch. Und jetzt schlaf gut», meinte Meier, bevor er die Treppen hinunterpolterte.

Toni schloss die Tür und hätte am liebsten einen lauten Jauchzer von sich gelassen. Er war überaus glücklich. Eine hervorragende Arbeitsstelle, eine flotte Unterkunft, was wollte er mehr. Und erst noch der in Aussicht gestellte

Lohn, doppelt so viel, wie ihm der raffgierige alte Immobilienspekulant und Landschaftsverschandler Gyger für enorme Schindereien bezahlt hatte.

Toni wurde völlig klar, mit was der Gyger sich und seinem verzogenen Sohn alle Jahre ein neues Sportcabrio kaufen konnte. Ist doch völlig klar, wenn man das Geld dazu bei den einfachen Arbeitern mit miserabler Entlohnung abspart und sich fett macht mit hemmungslosem Ausnutzen von Arbeitskräften.

Müde von der langen Reise, vom stressigen Suchen der ersten Stufe einer hoffentlich mächtigen Karriereleiter und zu guter Letzt auch noch vom Tellerwaschen selber legte Toni sich ins Bett, um sogleich zufrieden einzuschlafen.

Tage vergingen. Toni wurde ein wahrer Meister im Tellerwaschen. Allwöchentlich schrieb er an seinem freien Mittwoch liebe Briefe nach Hause, berichtete über seine Arbeit, seinen tollen Chef, den dicken Meier, und vieles mehr. Er schrieb auch, wie er all seinen netten Arbeitskolleginnen und Arbeitskollegen Tag für Tag mit seinem ab und zu vorgetragenen, frischen Gebirgsjodelgesang Freude bereitete. Er brachte flotte Stimmung in die Küche und trug seinen Teil zu einem tollen Arbeitsklima bei.

Sehr überrascht, ja verwundert war Toni, als er einmal nebenbei die üppige Käsedessertplatte im Restaurant bestaunte. Da hatte es tatsächlich Ziegenkäse dabei. Ziegenkäse, den sein Vater zuhause auch herstellte, aber nur für den Eigenbedarf. Manchmal konnte er zwar zwei, drei Laiblein an vorüberziehende Wanderer verkaufen. Aber in Gerschthütten wie auch im Talboden rümpften die Eingeborenen die Nase, wenn sie das Wort «Ziegenkäse» nur schon hörten. Da hiess es gleich:

«Pfui, der stinkt!»

Toni sprach den dicken Meier darauf an:

«Essen denn die Gäste hier von diesem Ziegenkäse?»

«Ja, was meinst du denn, Toni? Ziegenkäse ist eine ausgesuchte Delikatesse. Komm, versuche mal ein Stück», sagte er und schnitt ihm einen Bissen ab.

Toni liess den Käse auf seiner Zunge zergehen:

«Ganz gut, Meier, aber der von meinem Vater ist besser, sogar viel besser.»

«Ja woher jetzt, Toni, sag mal so etwas. Dein Vater produziert Ziegenkäse?»

«Klar, Meier, aber nur für den Eigenbedarf. Zuhause essen wir unseren Käse selber. Die Leute bei uns im Tal rümpfen angewidert die Nase ob dem Ziegenkäse und sagen, das sei recht für arme Leute.»

«Hör mal an! Für arme Leute? So saudumm! Bring mir doch mal ein Stück von eurem Käse mit. Bald ist Weihnachten, und zwischen Weihnacht und Neujahr schliessen wir das Restaurant. Da hast du Urlaub und kannst deine Familie besuchen gehen und mir bei der Rückkehr ein Probiermüsterchen mitbringen. Wer weiss, vielleicht nehmen wir den Ziegenkäse deines Vaters in unser Dessertkäsesortiment auf.»

Toni lief ein Schauer den Rücken hinunter, die Armhaare standen ihm zu Berge. Er hätte laut jauchzen können, so freute er sich von ganzem Herzen für seinen Vater über dieses Angebot.

Am Weihnachtstag reiste also Toni mit springendem Herzen für fünf Tage zu seinen Lieben nach Hause, zwei voluminöse Tragtaschen voll mit kleinen Geschenken für seine Familie mit sich schleppend.

Alle standen sie bei der Seilbahnstation – sicher eine Stunde zu früh warteten sie auf ihren Toni. Vater Imwald schlug die Wartezeit mit nervösem Anknabbern seiner Daumennägel tot. Die ganze Familie unterhielt sich voller Spannung und in aufgeregter Vorfreude nur flüsternd. Da endlich – die Kabine mit Toni kam angeschwebt.

Toni war elend gerührt über den Anblick. Seine Lieben, in einer Reihe stehend, winkten ihm von weitem zu. Über Tonis Backen kollerten die Tränen. Kaum war er aus der Kabine gestiegen, sprangen sie einander in die Arme.

«Oh Toni, mein lieber Toni!», brachte Mutter schluchzend und nur schwer verständlich hervor.

Vater drückte ihn ebenfalls ans Herz:

«Mein guter Bub! Es ist schön, dich wieder einmal zu sehen.»

Darauf holte Gottfried Imwald sein grosses Taschentuch hervor und musste kräftig schnäuzen. Auch Tonis Geschwister, alle wollten sie ihn gleichzeitig umarmen und an ihr Herz drücken.

Es war ein ergreifender Anblick. Selbst dem Schreiber dieser Geschichte kamen die Tränen, als er die Zeilen über diesen herzlichen Empfang niederschrieb.

Die Tage zuhause vergingen im Fluge. Ende Jahr begab sich Toni nach einem rührenden Abschied wieder in die Stadt. In seinem Gepäck zwei kleine Laibe Ziegenkäse. Einen Hart- und einen Weichkäse hatte ihm der Vater für Meier mitgegeben.

«Potz tausend Toni, das sind aber zwei herrlich appetitliche Käse. Und die macht wirklich dein Vater?»

«Ja klar, Meier, mein Vater macht die selber, und zwar allein aus naturreiner, unpasteurisierter Milch von seiner eigenen kleinen Schar gesunder Gebirgsziegen.»

Meier schnitt sich je ein kleines Stück ab, um zu kosten. Er schmatzte, murmelte und rollte mehrmals seine Augen, bevor er schliesslich kommentierte:

«Toni, Toni, das Wunder, echt, sensationell! Die sind tatsächlich um einiges besser als der Fliessbandkäse in unserem Angebot Nein! Kein Vergleich, sensationell. Toni, Toni, die sind so etwas von köstlich. Kaum zu glauben. Meinst du, es wäre möglich, dass dein Vater uns beliefert?»

Toni hätte weinen können vor Freude und antwortete:

«Sehr gerne würde mein Vater das, Meier! Er produziert im Übrigen auch noch einen wunderbar köstlichen Gebirgsziegenweichkäse mit frischen Alpenkräutern.»

Meier war voll begeistert. Er legte Toni seine rechte Hand auf die Schulter und meinte wohlwollend:

«Toni, du machst mir echt viel Freude.»

«Ja Meier, ich bin auch total glücklich.»

Von da an brachte der Paketpostler alle vierzehn Tage immer am Dienstag eine Expresssendung. Absender: Familie Gottfried Imwald, Hinterkrachentobel, Gerschthütten.

Meier wollte das Paket, in dem sich jeweils säuberlich in Käsepapier eingewickelt je drei Laibchen der drei verschiedenen Käsesorten befanden, immer gleich selber öffnen und als erster seine Nase hineinstecken:

«Aahh, kaum zu glauben, herrlich dieser Duft, fantastisch, einzigartig, sensationell!»

Genau so, wie Meier sich über die Käselieferung freute, freute man sich im Hinterkrachentobel. Nebst dem unverhofften, beachtlichen Nebenverdienst war es für Vater Imwald eine riesige Befriedigung, dass seine bis anhin mehr zur Selbstversorgung und aus Not heraus betriebene Käseherstellung plötzlich von Feinschmeckern, von kulinarischen Kennern geachtet wurde. Die Einheimischen, die über seine Käse immer spöttisch und mitleidig die Nase gerümpft hatten, wurden durch Kenner und Gaumenmeister zu Gourmetbanausen degradiert.

Meiers Dessertkäseplatte wurde zum wahren Geheimtipp. Viele Feinschmecker gingen bei ihm essen, allein um nach dem Hauptgang genüsslich die unübertrefflichen Ziegenkäse zu verköstigen. Schon bald reichte die vierzehntägliche Lieferung von dreimal drei Käsen nicht mehr und musste aufgestockt werden.

Die Glückseligkeit hatte sich bei der Familie Imwald häuslich niedergelassen. Vater Imwald musste seine Geissenschar um mehrere Tiere vergrössern. Zugleich erweiterte er sein Käsesortiment um eine weitere Käsespezialität genannt «Moitié-moitié», halbehalbe aus Ziegen- und aus Kuhmilch hergestellt.

**

Auch in Tonis Heimatdorf Gerschthütten drehte sich das Rad der Zeit. Leni, der Försterstochter, wurde ihr haltloser Lebenswandel zum Verhängnis. Sie wurde unverhofft schwanger und bekam einen dicken Bauch. Sie hatte jedoch keine Ahnung, wer der Vater ihres unerwünschten Bratens war.

Als erstes machte sie sich an Baumeister Gyger heran und offenbarte diesem das Malheur. Der alte Gyger geriet ob der Nachricht total ausser Rand und Band. Er gestikulierte mit den Händen in der Luft herum, haderte und behauptete schreiend, dass er niemals der Vater sein könne.

«Niemals!», brüllte er, und weiter: «Schon eher der Herr Pfarrer, der schon eher!»

Leni wurde erst bleich, dann rot im Gesicht:

«Was, der Herr Pfarrer? – Woher willst du …», wollte sie zur Frage ansetzen, um vom Gyger sofort überfahren zu werden:

«Nicht nur ich, auch andere wissen es, alle wissen es. Der Orgelmeister Lochmatter Stunzi hat dich viele Male beobachtet, wie du heimlich in den Beichtstuhl geschlichen bist, um bei Hochwürden ungeniert Hand anzulegen. Und dass du mit dem schmuddeligen Weinbauer Amhanser in seinem Weinkeller und in den Reben herumgebumst hast, wissen auch alle.»

Leni, die dem Irrtum erlegen war, sie sei die Bestimmende, die Verführende gewesen, hätte über die geilen Säcke verfügt und alle völlig hörig im Griff gehabt, wurde sich plötzlich bewusst, wie sie in Tat und Wahrheit von allen hemmungslos als dümmliche Amüsierschnepfe ausgenutzt worden war. Sie kollabierte in einen hysterischen Anfall und schrie dem alten Gyger wutentbrannt und ausser sich ins Gesicht:

«Was seid ihr für eine verlogene, scheinheilige Saubande, eine verdammte, alle zusammen, verflucht sollt ihr sein. An die grosse Glocke werde ich es hängen, ihr verdammten Sauböcke und geilen Heuchler!»

Gyger hielt sie an, jetzt nicht die Nerven zu verlieren. Er werde schon eine für alle passable Lösung finden, die nicht zu ihrem Schaden sei. Er versprach ihr, sich abends mit dem Pfaffen zu bereden.

So traf er sich am Feierabend mit Hochwürden hinter der Kirche zu einem vertraulichen Gespräch. Der Vertreter Gottes machte einem jähen Geistesblitz folgend den Vorschlag:

«Schau Gyger, August, dein einziger Sohn, hat mehrere Male schmutzige, unzüchtige Handlungen im Namen des Sechsten Gebotes gebeichtet. Auf meine Frage, mit wem er sich denn so sehr versündigt und unkeusch betätigt habe, gab dein Sohn stets unumwunden zur Antwort, er habe es mit Leni, der Förstertochter, getrieben.»

Gyger wurde erst blass, dann puterrot im Gesicht, bevor er in Jähzorn, ja in unbeherrschter Wut brüllte:

«Ja Sack Zement nochmal, der elende Lümmel also auch, der ungezogene, liederliche Saubengel, der soll mir warten, dieser Nichtsnutz, verdammte.»

Doch der Herr Pfarrer besänftigte Gyger mit den Worten:

«Halt ein Gyger, begreife doch, August könnte unsere Rettung sein. Er weiss vermutlich nicht, dass auch wir uns – Gott sei uns sehrmals gnädig – mit Leni den fleischlichen und sündigen Lüsten hingegeben haben. Wenn sie ihm nun feierlich eröffnen würde, er, August, habe ihr einen voll fetten Kuchen in den Ofen gestellt, und du ihm darauf ultimativ befiehlst, sie zu heiraten, da noch nie ein Gyger eine Frau habe sitzen lassen, wären alle Probleme höchst elegant gelöst.»

«Sack Zement und Heiliger Geist, Hochwürden! Du bist mir aber ein ausgekochter Fuchs, ja ein kleines, durchtriebenes Schlitzohr, gell. – Kompliment, das wäre eine famose Lösung. Bei Gott, und mein August könnte sich endlich mal nützlich machen, dieser verkommene Nichtsnutz», antwortete Gyger nun vollauf zufrieden.

Im Hinterkopf dachte er eiskalt berechnend bereits einen Schritt weiter. Wenn nämlich sein August die Förstertochter heiraten würde, kam auch das grösste und schönste in Gerschthütten noch unbebaute Grundstück, das im Besitz des Witwers Förster Zumwald war, in die Familie. Also zwei fette Fliegen auf einen Klatsch.

Hochwürden hiess Gyger, Leni auszurichten, sie solle morgen Abend in die Beichte kommen. Da werde er ihr persönlich den allen dienenden, fabelhaften Vorschlag unterbreiten.

Leni verkroch sich also am Tag darauf gegen Abend wieder einmal zu Hochwürden in den Beichtstuhl, hörte sich den Vorschlag an und war sofort höchst begeistert. Sie würde so keiner Schande ausgesetzt, angelte sich den zwar unzuverlässigen und arbeitsscheuen jungen Gyger, mit ihm aber im gleichen Zug einen kolossal vermögenden Schwiegervater.

Das sind schöne Aussichten, dachte sie und fummelte in totaler Hochstimmung über die gesicherte Zukunft noch eine Weile bei Hochwürden am Zeug herum.

August, der junge Gyger, wusste allerdings nicht so recht,

wie er die ihm von Leni schmeichelnd offenbarte Überraschung verarbeiten sollte. Er war nicht besonders begeistert von der ihm plötzlich zugedachten Vaterrolle. August versuchte zuerst, sich aus der Affäre heraus zu schnorren und zu winden. Sein Vater aber duldete wie vorgesehen strikte keinen Widerspruch:

«Noch nie hat ein Gyger eine Frau mit gefülltem Bauch ehrlos sitzen lassen. Was du dir in deiner Dummheit und Einfältigkeit eingebrockt hast, kannst du auch auslöffeln. Das ist mein letztes Wort, basta, verdammt nochmal, oder ich enterbe dich!»

Schon bald wurde im Dorf Gerschthütten ein pompöses Hochzeitsfest organisiert. August und Leni traten vor den Altar und bezeugten einander immerwährende Treue und ewige Liebe. Die Kirchglocken tobten, bis der Kirchturm wackelte. Den ganzen Nachmittag danach und die ganze Nacht über karrte die Hochzeitsgesellschaft mit Privatautos von Kneipe zu Kneipe. Bei den Fahrten drückten die Fahrer ununterbrochen und hirnlos auf die Autohupen und veranstalteten somit einen ohrenbetäubenden, üblen Saulärm. In den Wirtshäusern, die sie besuchten, wurden Unmengen Alkohol gesoffen, und danach wurde massenhaft an Hausecken und an Strassenränder gekotzt. Vereinzelt reiherten sie auch in ihre Autos.

***

Zu Vroni, Tonis Zimmernachbarin, entwickelten sich in Tonis Herzen nach und nach zarte, sehnsüchtige Gefühle, ausgelöst durch eine reine, aufrichtige Liebe. Voll bewusst wurde ihm das über die Urlaubstage zuhause. Da dachte er bei jeder Gelegenheit, wie schön es wäre, wenn Vroni jetzt dabei sein könnte. Vor dem Einschlafen waren die letzten Gedanken immer bei Vroni. Toni spürte heftig, dass er Vroni bis tief ins Herz hinein liebte, eine Liebe, so stark, dass er dabei Schmerzen verspürte. Toni glaubte auch, in Vroni das Gesicht der Fee erkannt zu haben, das ihm seinerzeit in jenem wundersamen Traum erschienen war, um ihm Mut zu einem Neuanfang zu machen.

Wieder an der Arbeit kreuzten sich ihre Wege täglich unzählige Male. Richtig miteinander geredet hatten sie eigentlich noch nie. Dabei fasste Toni an der Arbeit oder droben in seiner Loge unter dem Dach sitzend immer und immer wieder den festen Vorsatz:

«So, bei der nächsten Begegnung spreche ich Vroni an. Ich muss ihr endlich meine unsägliche Liebe gestehen. Sie soll wissen, wie es um meine Gefühle steht.»

Er war aber einfach zu scheu, um Vroni sein Empfinden zu eröffnen. Im Gegenteil, wenn sich ihre Wege kreuzten, purzelten ihm das Herz und aller Mut in die Hose. Seine Knie wurden schwabbelig. Den Kopf wandte er weg, weil Vroni nicht sehen sollte, wie er errötete.

Bis zu jenem Geschichte schreibenden Tag. Toni wollte gerade – aus seinem Zimmer auf den Korridor tretend – wieder an die Arbeit, da stand plötzlich Vroni vor ihm und versperrte ihm den Weg. Sie schaute bittend zu ihm auf und sprach ihn flehend an:

«Oh Toni, hast du keine Augen im Kopf?»

Toni, erst sprachlos, stammelte alsdann halb murmelnd:

«Was, warum, waswas …?»

«Merkst du denn nicht, wie es um mich steht? Merkst du nicht, dass ich schrecklich in dich verliebt bin? Und ich spüre deine verstohlen, verträumten Blicke doch auch, oh Toni.»

Schwindel überfiel Toni, er stützte sich mit einer Hand an der Korridorwand ab, Augenwasser schoss in seine Augen, und endlich kam es stockend aus ihm heraus:

«Das ist nicht wahr, Vroni, das ist nicht wahr, das ist ein Traum, oh Vroni!»

Urplötzlich kollerten ihm dicke Tränen über seine vor Aufregung geröteten Backen. Abgehackt stotternd kamen immer wieder dieselben Worte über seine Lippen:

«Vroni ... Nicht wahr ... Traum ... Vroni ... Ich liebe dich ...»

Vroni, die selber Tränen in den Augen hatte und von Tonis ergreifender Reaktion ungeheuer angetan war, wischte ihm mit ihrem Taschentuch die Tränen weg und bekannte ihm ihre heftige Liebe. Dabei gebrauchte sie nahezu dieselben Worte, wie seinerzeit die unbekannte Fee Toni in jenem Traume zugehaucht hatte:

«Toni, mein Lieber, du bist ein total netter Kerl, ich denke Tag und Nacht an dich», und sie umarmte ihn, und da konnte auch Toni nicht mehr anders. Er drückte Vroni an sich, so fest, wie er noch nie einen Menschen gedrückt hat, dazu immer und immer seufzend wiederholend:

«Vroni, oh Vroni, oh mein allerliebstes Vroni ...!»

Vroni fühlte sich im siebten Himmel, und auch Toni spürte vollkommene Glückseligkeit, wie er dies in dieser Stärke und in dieser Art zum ersten Mal erlebte. Nach einer Weile lösten sie sich voneinander und verabredeten sich für abends.

Toni begab sich wie auf Wolken schwebend an die Arbeit. Er jodelte, wie er noch nie gejodelt hatte. Seine Arbeitskollegen und Arbeitskolleginnen standen zusammen und hörten gebannt und voller Begeisterung Tonis fetter Stimme zu. Alle applaudierten nach jedem Lied mächtig.

Meier meinte:

«Toni, dich hat uns wahrlich, wahrhaftig der liebe Gott geschickt, du bringst uns so viel Fröhlichkeit ins Haus.»

Toni strahlte vor Freude wie eine Sonne. Am liebsten hätte er die ganze Welt umarmt.

Abends bat Vroni den Toni, in ihre Kammer zu kommen. Da sassen sie nebeneinander auf der Bettkante, sie sprachen anfangs kein Wort, hielten einander die Hände und redeten mit den Augen. Sachte wurden sie von ihren Gefühlen überwältigt. Sie begannen einander erst zärtlich zu küssen und zögernd zu umarmen. Aber schon bald befiel sie heftige Leidenschaft, worauf sie sich völlig hemmungslos mit vorehelicher Unzucht vergnügten.

Das Bett in Tonis Kammer blieb in dieser aufregenden Nacht für einmal unbenützt.

Am Morgen darauf meinte Vroni zum neben ihr liegenden allerliebsten Toni:

«Gell, denkst jetzt aber nicht schlecht von mir, weil ich so tierisch gestöhnt habe.»

«Oh Vroni, was soll ich schlecht denken von meinem allerliebsten Schatz, meinem Ein und Alles. Ich habe ja auch gekeucht wie ein brünstiger Hirsch», gab Toni zur Antwort, bevor sie sich noch einmal einer Portion feuriger Küsse hingaben.

Von diesem Tag an verbrachten die beiden unsäglich und glücklich Verliebten abwechslungsweise ihre Nächte in der Loge des einen oder des andern, um ungehemmt und fortwährend das Sechste Gebot Gottes zu missachten.

Gestärkt durch seine so wundervolle Liebe zu Vroni jodelte Toni bei der Arbeit noch schöner, lieblicher und klarer.

Es war an einem Nachmittag im Mai. Toni begann gerade den ersten Turm der unzähligen leergegessenen Teller, die aus der Gaststube zurückgereicht wurden, abzutragen. Dazu stimmte er ein meisterliches Jodelfurioso an. Völlig in die Arbeit und ins Jodeln vertieft, bemerkte Toni nicht, dass ein halbes Dutzend elegant gekleideter Leute von der Gaststube her in die Wirtshausküche getreten war. Sie lauschten mäuschenstill, aber begeistert den holden Klängen.

Toni wurde sich seiner Zuhörer erst gewahr, als er sich mit einem Dutzend gewaschener Teller umdrehte, um dieselben im Gestell zu versorgen. Er verstummte und erstarrte. Alle schauten ihn strahlend an, und wie auf Kommando erschallte in der Küche ein tosender Beifallssturm. Toni liess vor Schreck und Überraschung die zwölf Teller auf den Boden fallen, wo sie mit lautem Geschepper in hundert Teile zersplitterten.

Ein älterer Herr mit Goldrandbrille und Nadelstreifenanzug löste sich aus der Gruppe, ging die Hände ausgestreckt und mit einem herzlichen Lachen im Gesicht auf Toni zu und begann ihn vollmundig zu loben:

«Das ist unglaublich! – Junger Mann, deine herzergreifende, klare Stimme ist sensationell, einfach umwerfend.» Er stellte sich mit Namen John Bühler vor und fuhr fort: «Ich bin CEO und Eigentümer der Firma Maloja-Oberalp Ltd., Alpenlandmusikproduktion in Bassersdorf.» Dann sagte er: «Mein lieber Toni. Ich darf dich doch so nennen, junger Mann? Dein Chef, der dicke Meier, ist ein Schulkamerad von mir. Er telefonierte mir kürzlich und erzählte mir von deinen wunderschönen Gebirgsjodelein. Nun, was ich vorhin zu hören bekam, liess vor Ergriffenheit einen kalten Schauder meinen Rücken hinunterfahren. Hör mal Toni, wir möchten gerne mit dir eine CD produzieren. Denn du kannst mit deinem herrlichen, erfrischenden Gesang vielen Menschen, ob jung oder alt, eine unglaubliche Freude bereiten und ihre Herzen erweichen. Du bist ein Naturtalent, ein Gesangsdiamant, wie ich sonst keinen kenne. Für die heile Alpenlandmusik wie von Gott gebracht.»

«Jesus und Maria, das kann nicht wahr sein», war alles, was Toni, der Ohnmacht nahe, herausbrachte. Er war vollkommen perplex, fassungslos. Am liebsten hätte er hinaus geschrien: «Mutter, Vater, Vroni …!», in der Meinung seine Lieben könnten so an diesem unfassbaren Geschehnis teilhaben. Er konnte es nicht glauben. Aber es war wahr, wahrlich und wahrhaftig wahr.

Schon am Mittwoch darauf wurde Toni mit einem vornehmen Auto ins Aufnahmestudio nach Bassersdorf gefahren. Dort begeisterte er sie mit seiner naturreinen Stimme und seinen erquickenden Gebirgsjauchzern allesamt. Vom Studiodirektor über die Aufnahmeleiterin und den Tontechniker bis hin zum Portier, alle waren sie angetan von Tonis meisterlichem Gesang.

Sechs Wochen später kam eine CD mit dem Titel *Alpentoni Superstar singt für Sie die schönsten Lieder* auf den Markt und löste im ganzen Land einen unwahrscheinlichen Sturm auf die Verkaufsstände aus.

Nebst den Studioaufnahmen ging Toni abends immer noch regelmässig seiner Arbeit als Tellerwäscher nach. Meier hätte zwar bereits Aushilfe gefunden. Toni aber wollte seine Dankbarkeit gegenüber Meier und seinen Arbeitskolleginnen und Arbeitskollegen zeigen. Er liess es sich nicht nehmen, auch in der Gaststube draussen ab und zu Müsterchen seines Könnens abzulegen. Das Restaurant war deshalb jeden Abend zum Bersten voll. Und so konnte er seinem lieben Chef Meier ein gutes Stück zurückgeben für die damals so herzliche Aufnahme. Vor allem aber war Toni froh, so auch immer wieder die Nähe seines geliebten Schatzes geniessen zu können.

Vroni hatte allerdings Bedenken wegen der Zukunft und befürchtete, sie könnte ihren Allerliebsten verlieren, wenn er ein noch grösserer Stern am Himmel der doch so gefühlvollen Alpenlandmusik würde. Denn auch in diesem Himmel lauerten überall arge Gefahren des Bösen, sei es in Form von flatterhaften Trompeterinnen, einsamen Schlagersängerinnen oder von sich scheinheilig engelhaft gebenden skrupellosen Prominentenludern und läufigen Stalkerinnen.

Toni aber schwor seinem über alles verehrten Vroni seine immerwährende, unumstössliche Liebe:

«Was auch kommen mag, Vroni, mein einziges und allerliebstes Vroni, du bist mein Ein und Alles und wirst es bleiben, solange ich lebe.»

Und Toni wurde zum Star. Die CD *Alpentoni Superstar* schoss innert kürzester Frist an die erste Stelle der Alpenlandmusik-Hitparade und hielt sich dort über Wochen.

Mit den ersten Moneten, die er von der Firma Maloja-Oberalp Ltd., beziehungsweise von John Bühler persönlich überreicht bekam, ging er ins beste Spezialitätengeschäft auf dem Platze Zürich, legte ein paar Tausender auf den Tisch und gab dem Ladenbesitzer den Auftrag, dafür einen mittleren Lieferwagen voll ausgesuchter, feiner Delikatessen an die Adresse seiner Familie zu liefern. Der Ladenbesitzer, der natürlich Alpentoni sofort erkannte und Toni sogleich um ein Autogramm bat, liess sich nicht lumpen und fuhr das Auto gefüllt mit Leckerbissen in einer flotten Tagesfahrt höchstpersönlich die engen, kurvigen Bergstrassen nach Gerschthütten hinauf und von da zum Hinterkrachentobel und zur Familie Imwald.

Die enorme Freude, die diese Lieferung im Tobel hinten bei seinen Liebsten auslöste, ist mit nichts zu beschreiben. Abends sass die ganze Familie um den Küchentisch herum, auf dem Tisch nur leckere Köstlichkeiten. Ihre Augen strahlten, und aus der neuen, tollen Stereoanlage, die Toni ihnen mit separater Post zugeschickt hatte, ertönte ihr Alpentoni:

Aus den Bergen komm ich her
Ich hatte meine Ziegen dort
Und liebte sie so sehr
Doch leider musst' ich von dort fort
Irgendwann geh ich zurück
Denn die Berge sind mein Glück

Irgendwann, so will's der Reim
Komm ich mit meinem Schatzerl heim

Tralallallalla und holldriooo
tralallallalla und holldriaaa

Der Vater schlürfte dazu mit mächtigem Genuss ein paar Gläser vom mitgelieferten Sekt und wurde immer lustiger und aufgeräumter.

Da verzog der kleine Kaspar, der jüngste, plötzlich seinen Mund, begann zu plärren und sprach allen am Tisch aus dem Herzen:

«Wir haben es so schön miteinander», um zugleich laut loszuheulen. Mutter nahm ihn zu sich, fuhr ihm mit der Hand über die Haare und wollte ihn trösten:

«Hast ja recht, Kaspar …» Weiter kam sie nicht, da schossen auch ihr die Tränen in die Augen. Und plötzlich waren alle Augen am Tisch mit Tränen gefüllt, sie heulten und schluchzten, und das aus purem Glück, aus einem unglaublichen Gefühl der Zufriedenheit heraus. Sie hielten einander an den Händen, und Vater Gottfried meinte:

«Ja, unser lieber Toni ist ein guter Toni, schade, dass er jetzt nicht bei uns sein kann. – Oh, was bin ich so unglaublich glücklich mit euch allen zusammen.»

«Oh Vater …» wollte Mutter zum Wort ansetzen, doch sogleich verfiel sie wieder in befreiendes Weinen. Zufrieden bis ins Innerste ihrer Herzen begab sich die ganze Familie in ihre Betten.

***

August und Leni wurden nicht glücklich miteinander. Leni gebar im Februar einen Knaben. Sie tauften ihn auf den Namen Luca. Anstatt seinen väterlichen Pflichten nachzukommen und einer geregelten Arbeit nachzugehen, war August schon kurz nach der Hochzeit mehr mit seinem roten Sportcabrio unterwegs und in den umliegenden Wirtshäusern anzutreffen als zuhause bei seiner Familie. Er gierte lieber freien Röcken nach.

Als ob Leni Unglück in die Familie gebracht hätte, übergoss sich Schlamassel um Schlamassel über die Gygersippe wie auch über deren Firma. Den Anfang machte die Aufdeckung einer gigantischen Fehlkalkulation bei einem Golfplatzprojekt. Sie hatte mächtige Löcher in der Firmenkasse zur Folge. Die Banken, die vorher nicht genug Kohle in Gygers Betrieb hatten hineinpumpen können, versuchten zu retten, was noch zu retten war und sperrten über Nacht sämtliche Kredite und Konten.

Zu gleicher Zeit brachte die brütende Sonne an den Tag, dass Gyger über Jahre hinweg einem Bezirksbeamten des regionalen Amtes für Hoch- und Tiefbau nicht zu knapp Geldbeträge zugesteckt hatte, um so mit lukrativen, öffentlichen Aufträgen bedacht zu werden. Dabei hatte er hemmungslos die dadurch entstandene Abhängigkeit des Bezirksbeamten gleich mehrfach ausgenutzt. So hatte Gyger bestimmt, wenn es zum Beispiel darum gegangen war, festzulegen, wo überall und welche Leitplanken den Strassen entlang zu montieren seien. Deshalb waren bald einmal alle Strassen und Flurwege in der weiteren Umgebung von Gerschthütten von Leitplanken eingerahmt gewesen. Eine Leitplankenorgie sondergleichen war in die Landschaft gepflanzt worden.

Gyger hatte auch skrupellos übersetzte Preise verrechnet und vielerlei Arbeiten zweimal in Rechnung gestellt. Der Beamte war ihm völlig ausgeliefert und der üblen Geschichte nicht mehr gewachsen gewesen. Vor Verzweiflung hatte er sich eines schönen Tages in die tiefe Sonnenuntergangsschlucht hinuntergestürzt – nicht ohne zuvor ein siebenseitiges Geständnis geschrieben zu haben, in dem er seine Verfehlungen bis ins kleinste Detail rapportierte.

Es kamen noch weitere Ungereimtheiten ans Tageslicht. Im Umfeld von Gyger waren – wie sich herausstellte – noch andere sehr empfänglich für die von ihm unter dem Tisch durchgeschobenen, steuerfreien Geldscheine gewesen, wenn es ums Zuschanzen von Aufträgen gegangen war. Auch Architekten, Ingenieure, Gemeinderäte und andere hatten hinter ihrem Rücken gerne die hohle Hand gemacht.

Der alte Gyger kam in Untersuchungshaft und die Firma im Sommer unter den Hammer. Zahlungsunfähig und ein mächtiger Berg von Schulden!

Zu gleicher Zeit trudelten verschiedene Vaterschaftsklagen ins Haus. Junior August Gyger wurde beschuldigt, mindestens zwei Kellnerinnen, eine Asylantin, eine Tankstellenangestellte und eine Parfümerieverkäuferin geschwängert zu haben.

Das war das endgültige Aus. Leni zog mit ihrem Buben Luca, der Tag für Tag mehr die Gesichtszüge von Hochwürden annahm, zu ihrem Vater ins Försterhaus.

Förster Zumwald war eh stocksauer auf Gyger. Denn Gyger hatte ihn kurz nach der Hochzeit beim Handel mit seinem prächtigen Baugrundstück mit einem sogenanten Familienpreis hinterlistig über den Tisch gezogen. Nun, Gyger konnte nicht mehr profitieren von diesem Beschiss. Denn auch dieses Grundstück wurde versteigert und der Erlös zum Abtragen des Schuldenberges verwendet. Den Zuschlag erhielt der Talbodener Architekt Franz Rohr, der im Auftrag eines ungenannt sein wollenden Investors mitgeboten hatte.

Mutter Gyger hatte die selbstherrlichen und egoistischen Eskapaden ihres Mannes längst bis obenhin satt. Sie verabschiedete sich auf Französisch mit einem in der Firma tätigen flotten Maurer aus Stromboli. Mit diesem, dem feurigen Roberto Ticchioni, betrieb sie daraufhin in Lipari eine gutgehende Hafenbar mit Spaghetti-Terrazzo.

So stand August plötzlich alleinzig und verlassen in der Welt, dazu noch völlig mittellos. Auch sein schönes, rotes Cabrio wurde versteigert. Schimpf und Schande entleerten sich über seinem Haupte. Er war völlig überfordert mit dem Umstand, auf eigenen Füssen stehen zu müssen. Wie hätte es auch anders sein können? Das Einzige, was er je richtig gelernt hatte, war, sich als Sohn des alten Gygers aufzuspielen, grossgekotzt herum zu protzen und sinnlos mit Geld um sich zu werfen.

Er versuchte sich in allerlei Sparten, um zu Einkünften zu gelangen. Zuerst als Handaufleger – ohne Erfolg. Der nächste Fehlschlag waren seine Bemühungen, als Vertreter für Ersatzstaubsaugerschlauchschrauben auf einen grünen Zweig zu kommen. Ein anderes Mal verkaufte er auf Jahrmärkten Salatraffeln und Quietschtierchen. Auch als Finanzberater für Internetaktien versuchte er sich erfolglos zu profilieren. Alle seine Bestrebungen scheiterten kläglich. Er begann noch mehr zu saufen. Masslos schüttete er Alkohol in sich hinein und war oft tagelang nicht ansprechbar.

Sein Leben nahm ein tragisches Ende. Als er mit einem von einem Saufkumpan geliehenen Wagen wieder einmal von Wirtshaus zu Wirtshaus unterwegs war, verlor er auf einer kurvigen Bergstrasse die Herrschaft über die Karre. So stand es jedenfalls nachher im Untersuchungsbericht. Er fuhr bei einer scharfen Haarnadelkurve geradeaus. Dabei stürzte er, die ehemals von der Firma Gyger, Sohn & Cie. unsorgfältig montierte Leitplanke durchschlagend, über ein steiles Tobel in eine schwer zugängliche Schlucht hinunter. Er war wohl sofort tot und das Auto Schrott.

Es kursierten Gerüchte, er habe mit seinem missratenen Leben abschliessen wollen. Genau wusste das aber niemand, und August gab auf Fragen keine Antworten mehr.

***

Derweil wollte John Bühler von der Maloja-Oberalp Ltd. Alpenlandmusikproduktions-GmbH selbstverständlich den enormen Popularitätsschub, den die Alpentoni-CD ausgelöst hatte, voll nutzen. Kurzerhand organisierte er eine Tournee. In allen grösseren Gebirgsorten und Hinterwaldtälern des Landes gab unser Toni in ausverkauften, überfüllten Sälen sein tolles Können zum Besten. Eine unglaubliche Begeisterungswelle schwappte übers Land. In Scharen feierten die Fans ihren Alpentoni als absoluten Superstar am Himmel der ach so herzvollen Alpenlandmusik.

Begleitet wurde Toni auf dieser Tournee natürlich auf Schritt und Tritt von seinem allerliebsten Vroni.

Die Tournee war sehr straff organisiert, und Tonis sehnlichster Wunsch, sein allerliebstes Vroni endlich einmal seinen Lieben im Hinterkrachen vorstellen zu können, musste warten.

Dafür war mit John Bühler vereinbart worden, als Abschluss der Tournee im Talboden unterhalb Gerschthütten ein bombastisches Alpenlandmusik-Open-Air zu organisieren. Für Toni bedeutete dies aus verschiedenen Gründen ein maximaler Höhepunkt, und er blickte diesem mit totaler Befriedigung entgegen.

Um seiner Familie während der Tournee trotzdem nahe zu sein, liess er durch den Postler eines Tages ein grosses Paket nach Hinterkrachen bringen. Darin waren nebst ein paar Leckereien auch sieben Stück der neuesten Smartphone-Generation. Für Vater, für Mutter und für jedes seiner Geschwister eines. Einen Telefonanschluss hatten sie im Hinterkrachen bis anhin nicht gehabt.

Daraufhin telefonierte Toni seinen Lieben bei jeder sich bietenden Gelegenheit, er schickte SMS, Mails und von seinen Konzerten kurze Filmausschnitte, die Vroni gemacht hatte.

An einem Montagnachmittag im Herbst sprach bei der Familie Imwald überraschend ein Herr vor.

«Rohr ist mein Name, Franz Rohr, Architekt», eröffnete er und meinte weiter, er habe von Alpentoni den Auftrag erhalten, Massaufnahmen am Haus vorzunehmen.

Dem verdutzten Ehepaar Imwald erklärte er, es sei vorgesehen, das bestehende Haus vollkommen zu renovieren und zu modernisieren, Zentralheizung und anderes mehr. Zudem solle der Geissenstall vergrössert und nach den neusten Erkenntnissen einer tierfreundlichen Haltung konzipiert werden. Gegenüber dem bestehenden Haus sei ein putziger Neubau für eine kleine Gebirgsziegenkäserei mit allen Schikanen vorgesehen.

«Ja, und wer soll das alles bezahlen?», fragte das völlig verdatterte Ehepaar Imwald.

«Ganz einfach, der Toni. Unser Alpentoni! Ein Geschenk an meine liebe Familie», das habe Toni ihm gesagt.

Die Eheleute Imwald – totale Verwunderung stand ihnen ins Gesicht geschrieben – schauten sich sprachlos in die Augen, in die unverzüglich Augenwasser schoss. Dann umarmten sie einander innig, und wie auf Kommando sagten die beiden:

«Oh unser Toni, unser lieber Toni.»

Der kleine Kaspar, der sich wie gewohnt am Rockzipfel seiner Mutter festhielt, schaute zu seinen Eltern hoch und plärrte:

«Unser Toni ist ein Lieber.»

Der Architekt wurde ob dieser herzlichen Verbundenheit

ganz verlegen, ja gerührt. Um den Faden wieder aufzunehmen, meinte er mit ebenfalls wässerig schimmernden Augen:

«Ich freue mich irrsinnig auf diese Arbeit, irrsinnig freue ich mich. Das können Sie mir glauben, liebe Familie Imwald.»

***

Es kam der Tag, der Schrecken über Gerschthütten brachte. Je mehr über Alpentoni zu lesen und zu hören war, je mehr auch in Gerschthütten über ihn geredet wurde, desto mehr wurde Leni sich bewusst, wie sie in jungen Jahren ihr Leben fortgeworfen hatte. Sie, die verzogene Göre, hatte Toni damals aufs Übelste gehänselt. Und heute? Heute war Toni ein heiss verehrter Superstar, nicht nur im Dorf, nein, im ganzen Land, ja sogar weit über die Landesgrenzen hinaus. Und sie? Eine verarmte, verachtete Witwe und alleinerziehende Mutter eines Kuckuckskindes, ohne irgendwelche Perspektiven. Ihr ganzes Leben war versaut. Sie war sich ihrer Schuld am Geschehen sehr wohl bewusst. Leni wusste aber auch, dass die Schuld für ihr damaliges Lotterleben nicht allein bei ihr lag. Das Lotterleben hatte kurz nach dem höchst merkwürdigen Ableben ihrer Mutter begonnen.

So sass sie zuhause am Küchentisch, hingenommen von einem gedanklichen Wirrwarr in ihrem Kopf. Plötzlich hämmerte sie wie wild mit ihren Fäusten auf den wackeligen Küchentisch und schrie ohrenbetäubend:

«So, verdammt seid ihr alle. Heute wird abgerechnet!»

Als Erstes tätigte Leni drei kurze Telefongespräche. Danach band sie sich eine Küchenschürze um und packte zwei weitere, saubere Schürzen und ein grosses Küchenmesser in eine Tasche. In die Babytragtasche legte sie ihren

Buben Luca. So brach sie auf, das Kinn hochgereckt, den Blick starr und geradeaus gerichtet, als ob sie ins Jenseits schauen würde. Ihre erste Station war die Kirche. Dort hatte sie sich mit dem Pfarrer verabredet.

Hochwürden wartete bereits.

«Ah, da kommst du ja. Was hast du auf dem Herzen, Kind Gottes?», gab er geifernd von sich.

«Da schau, da! Das ist das Kind Gottes, das ich auf dem Herzen habe, du verdammter Heuchler. Schau mal ins Gesicht dieses Kindes Gottes. Na, erkennst du dich wieder, du verlogener Saubock?»

So schrie sie den Pfaffen an, dabei auf den kleinen Luca weisend, dessen Gesichtszüge tatsächlich denen von Herrn Hochwürden glichen, wie ein Ei dem andern gleicht.

Der Pfarrer trat verdutzt näher. Zugleich zog Leni das lange Küchenmesser unter der Schürze hervor und stach sofort zu. Das Blut spritzte einer Fontäne gleich aus dem Bauch von Hochwürden. Der Grundgütige wollte noch etwas sagen, aber aus seinem Mund kam nur noch ein unartikuliertes Gurgeln, begleitet von einem Schwall Blut.

«Verrecke, du verlogener, frömmlerischer Dreckarsch von einem scheinheiligen Pfaffen», unterstrich Leni ihre Tat mit Worten.

Leni entledigte sich der mit Blut verspritzten Schürze. Unterdessen kippte der Pfarrer hinter ihr auf den Boden, in die Lache seines eigenen Blutes. Schnaubend wusch Leni im Taufbecken ihre Hände und das Messer, legte sich eine neue Schürze um, nahm ihre beiden Taschen und verliess die Kirche. Eiligen Schrittes begab sie sich zur nächsten Verabredung.

Den schmuddeligen Weinbauern Amhanser traf sie in seinem Weinkeller, wo derselbe gerade mal wieder am Panschen war. Leni stellte ihre Taschen auf den Boden und ging bestimmt auf ihn zu.

«Schau an, Leni, hast Lust auf Männer, nachdem der August es dir nicht mehr besorgen kann?», frotzelte Amhanser geifernd.

«Nein, Amhanser, Lust habe ich keine. Auf dich ungewaschenen, stinkenden Sauhaufen schon gar nicht. Aber dafür, dass du mich nicht genug vögeln und missbrauchen konntest, habe ich da etwas für dich!», liess Leni mit unerbittlicher, lauter Stimme zu Amhanser gerichtet von sich hören.

Wieder nahm sie das lange, scharfe Küchenmesser unter ihrer Schürze hervor und stach blitzartig zu, dazu schrie sie:

«Verrecken sollst du, widerlicher Sauarsch!»

Amhanser sah ungläubig und mit weit geöffneten Augen auf seinen Ranzen hinunter, aus dem Blut hervorquoll wie Traubensaft aus der Presse. Er versuchte noch etwas zu blabbern, brachte aber nur noch ein halblautes Lallen hervor:

«Chllallallahhaa ...», gab er von sich und stürzte vornüber auf den gekachelten Boden.

Darauf folgte dasselbe Prozedere. Leni wusch im Spültrog im Weinkeller die Hände und das Messer, wechselte die Schürze, nahm die beiden Taschen und machte sich davon. Zuvor schüttete sie noch eine halbe Flaschenfüllung des auf dem Tisch stehenden Fuselweines die Kehle hinunter. Zu ihrem Buben Luca in der Babytragtasche meinte sie:

«Tutututuuu, schon zwei sind erledigt, tutututuuu, Luggiluggeli, jetzt noch den dritten und letzten Dreckfink.»

Der Weg führte sie direkt zum Försterhaus, präzis zu ihrem Elternhaus. Dort traf sie ihren leidigen Vater beim dringend notwendigen Ausmisten des Kaninchenstalles. Der Mist stand in den Käfigen bereits zwanzig Zentimeter hoch. Nebst der verbotenen Einzelhaltung entsprachen auch die einzelnen Boxen nicht im Geringsten den Vorschriften des Tierschutzgesetzes. Alle wussten es, alle schauten weg.

«Wo kommst denn du her? Geht es dir nicht gut?», fragte Ignaz Zumwald, durch das verstörte Benehmen seiner Tochter verunsichert.

«Ich bin eben daran, ein wenig Ordnung in mein elend versautes, ja himmeltrauriges Leben zu bringen.»

Leni stellte ihre beiden Taschen beiseite und schritt bestimmt auf ihren Vater zu. Vor ihm stehend, schaute sie ihm tief in die Augen. Ohne langes Federlesen wuchtete sie auch ihrem völlig konsternierten Vater ungestüm das unter der Schürze hervorgeholte lange Küchenmesser mit voller Kraft in seinen Bauch:

«Du hast mir ja, kurz nachdem du Mutter unter den Boden gebracht hast, als Erster das Ficken beigebracht. Dafür bekommst du das jetzt als Belohnung, du verdammter, billiger Drecksbock von einem Vater!»

Dazu stocherte sie, dem schnellen Tod nachhelfend, mit dem Messer in Vaters Bauch herum. Zumwald klappte zusammen, bevor er noch etwas sagen konnte.

Leni nahm ihren Luca:

«Tutututuuu, Lucali, jetzt habe ich sie alle für immer abgeräumt, bis auf den alten Gyger. Aber der hockt im Knast. Tutututuuu, kleiner Stinker du.»

Leni öffnete sämtliche Türchen der viel zu engen Kaninchenstallabteile. Die Kaninchen in der obersten Abteilreihe lupfte sie ins Gras hinunter. Die darunter eingepferchten Kaninchen sprangen selbst hinaus und genossen wild herumspringend ihre Freiheit. Danach ging Leni schnurstracks ins Haus zurück, duschte sich den Dreck vom Leib und zog ihr schönstes Kleid über. Sie legte einen kurzen Brief auf den Küchentisch, in dem geschrieben stand, dass die drei abgestochenen Schweinefinken sie allesamt über Jahre hinweg missbraucht hätten. Dann nahm sie den kleinen Luca auf die Arme und verliess das Haus.

Zielgerichtet marschierte sie, weder links noch rechts

schauend, durchs Dorf und weiter zum Dorf hinaus. Sie verschwand im Westen am Horizont.

«Massenmord in Gerschthütten»

«Bauchschlitzerin rechnet ab»

«Warum?»

So und ähnlich titelten am andern Tag die Blätter ihre Berichte über Lenis brutale Abrechnung. Gerschthütten wurde von einem Heer von Journalisten, Radio- und TV-Reporter aus dem In- und Ausland belagert.

Zwei Tage später kam ein aufgeregter holländischer Tourist ins Dorf gerannt und erzählte, sich halb deutsch, halb holländisch verhaspelnd, er glaube, dass beim Schluchtenbrücklein ein toter Mensch in der Sonnenuntergangsschlucht liege.

Tatsächlich! Der in die Schlucht hinabgeseilte Feuerwehrmann Kudi Imbacher fand unten Leni und den kleinen Luca. Beide waren mausetot.

Leni hielt in der linken Faust einen Zettelknäuel umklammert. Darauf stand geschrieben:

«Auch der alte, verdammte Gyger hat mich immer wieder hemmungslos gevögelt. Er soll auch verrecken!»

Und so kam es auch. Im Gefängnis wurde der alte Gyger wiederholt von zwei Mitinsassen aus dem Drogengeschäft vergewaltigt und dabei mit Aids infiziert. Gyger starb einen elendiglichen Tod, bevor er wieder freikam.

***

Hätte nicht der Alpentoni die Gemüter auch in Gerschthütten mit seinem frohen Gesang aufgemuntert, wäre das Dorf ob den schrecklichen Vorkommnissen wohl in eine Depression gefallen.

Mittlerweile war eine zweite CD auf den Markt gebracht worden. *Alpentoni live* hiess sie kurz und war gefüllt mit

Live-Aufnahmen von seiner Tournee. Im ganzen Dorf erklangen zu jeder Tageszeit die Lieder zu allen Fenstern hinaus, untermalt mit den unerhörten Begeisterungs- und Beifallsstürmen, die an den Konzerten ihrem Alpentoni entgegengebracht worden waren.

Sämtliche Gerschthüttener freuten sich mächtig auf das Tournee-Abschlusskonzert im Talboden und auf ihren Alpentoni, den sie mitsamt seiner Familie früher – es war noch nicht lange her – mit ätzendem Spott statt mit Achtung bedacht hatten. Das hatte sich in der Zwischenzeit erheblich geändert.

Bei der Familie Imwald im Hinterkrachen waren mittlerweile die Baumaschinen vorgefahren. Im Haus waren die Handwerker unter der Leitung von Architekt Rohr emsig am Umbauen und am Renovieren. Mutter Imfeld bekam eine neue Küche. Und was für eine! Nur das feinste Design und die tollsten Apparate waren gut genug.

Das Dachgeschoss wurde komplett isoliert und neu getäfert, und für Gottfried und Imelda Imwald wurde darin ein heimeliges Schlafzimmer mit einem zusätzlichen Badezimmer eingebaut.

Und neben dem Haus entstand das wahrliche Prunkstück: Imwalds Gebirgsziegenkäserei.

Zu gleicher Zeit wurde auf dem prachtvoll gelegenen Grundstück mitten in Gerschthütten, das der alte Gyger seinerzeit dem Förster Zumwald selig abgeluchst hatte und das im Zusammenhang mit dem Niedergang der Gyger, Sohn & Cie. zur Versteigerung gekommen war, eine beeindruckende Orientierungstafel aufgestellt: «Hier entsteht das Hotel Palace Alpentoni».

Toni war also der bis anhin ungenannt sein wollende Investor, der seinerzeit das Grundstück durch den Architekten Rohr ersteigern liess. Die Überraschung im Dorf war gross.

Ja, Toni hatte mit seiner wohlklingenden, ergreifenden Stimme selbstverständlich in kurzer Zeit einen zünftigen Berg Moneten angehäuft. Er hatte im Sinn, das neue Hotel dereinst zusammen mit seinem lieben Vroni selber zu führen, um mit vollem Einsatz den Ruf von Gerschthütten wieder etwas aufbessern zu helfen.

***

Tonis Tournee liess die Zeit im Fluge vergehen, und der Tag des Alpenlandmusik-Open-Airs im Talboden nahte. Im ganzen Tal war es seit Wochen das Hauptgesprächsthema, und je näher der Tag kam, desto mehr stiegen die Spannung und die Nervosität.

Dann war es an einem Samstagnachmittag so weit. Das Open-Air-Gelände war pfropfenvoll. Zudem waren auch die beidseitigen Talhänge an allen möglichen Stellen bis weit hinauf gefüllt mit Menschen, die gebannt auf den Auftritt ihres so verehrten Alpentoni Superstars warteten.

Mitten vor der Bühne war ein kleines Podest aufgestellt. Darauf standen neun bequeme Polstersessel in einer Reihe. Die etwas verwirrte Familie Imfeld, die zum ersten Mal in ihrem Leben einen solchen Grossanlass besuchte, wurde vom Aufsichtspersonal abgefangen und geradewegs zu diesem Podest geführt. Dort hatte in der Mitte bereits Vroni Platz genommen. Ganz alleinig sass sie da.

Aber was für eine herzergreifende Szene spielte sich dann ab. Imwalds und Vroni eilten aufeinander zu, fielen einander ungestüm um den Hals und zeigten damit ihre riesige Freude, einander endlich einmal zu Gesicht zu bekommen.

«Oh liebstes Vroni, ich freue mich so für Toni, dass er dich gefunden hat», sagte Tonis Mutter schluchzend zu Vroni. Auch Vater Imwald wollte sich äussern, aber seine

Stimme versagte ihm. Rasch und aus lauter Verlegenheit schnäuzte er in sein überdimensioniertes Taschentuch.

Vroni, die Backen voller Freudentränen, meinte mit zittriger Stimme und überglücklich strahlend:

«Ich bin so glücklich, dass ich euch kennenlernen darf.»

Als sie sich danach alle sehr aufgeregt und aufgewühlt gesetzt hatten, erschien John Bühler und begrüsste die Familie mit beiden Händen und strahlendem Gesicht.

«Sie haben einen wunderbaren Sohn, liebe Familie Imwald.»

Die Augen noch nicht ganz trocken und im Herzen noch immer tief bewegt von der süssen Begegnung mit dem lieben Vroni, wurden Imwalds ein weiteres Mal völlig von herzlicher Rührung überwältigt. Das beeindruckte selbst den Geschäftsmann John Bühler so sehr, dass er Vater und Mutter Imwald mit Tränen in den Augen kurz an sich drücken musste.

Darauf ging John Bühler auf die Bühne, räusperte sich und kündigte den Alpentoni an:

«Liebe Freunde der heilen Alpenlandmusik, geniessen Sie den neuen Stern am Himmel unserer Alpenlandmusik, den momentan absolut Superstar der Hitparaden, unseren Alpentoni!»

Das Publikum begann zögernd zu klatschen. Und dann erschien, vom Orchester mit einem Tusch begleitet, der Alpentoni auf der Bühne. Da stand ihr Gerschthüttener Toni, der Star der heilen Alpenlandmusik, ganz in Weiss gekleidet und mit langer, blonder Mähne. Das vereinzelt ertönte Klatschen wurde schlagartig zu einem mächtigen, ohrenbetäubenden Brausen. Ein umwerfender Begeisterungssturm, wie ihn das Land noch nie gesehen und gehört hatte, erscholl im Tal. Auch an den Hängen waren beidseitig bis weit hinauf Tausende und Abertausende von Leuten zu erblicken, die unzählige Fähnlein schwenkten.

Am Himmel droben schwebte ein Heissluftballon in der Form eines Joghurtglases, darauf der Schriftzug «Toni».

Einfach Unglaubliches spielte sich ab.

Imwalds in einer Reihe mit Vroni in der Mitte hielten einander die Hände fest drückend und fühlten sich wie in einem Traum. Bächen gleich kollerten ihnen die vielen Tränen des Glücks die Backen hinunter.

Inzwischen hatte sich auch John Bühler auf den noch unbesetzten Polstersessel gesetzt. Auch er war sehr gerührt. John hatte in seinem Job als Alpenlandmusikproduzent schon vieles erlebt. Aber einen so imposanten Sturm hatte er noch nie geniesssen können. Er dachte kurz in sich gekehrt: Schade, dass mein Freund Dani und mein Yorkshire Terrier Sissi nicht dabei sein können.

Und dann begann Toni zu singen. Fröhliche Alpenliebeslieder voller Schicksal und voller Dramatik, voller Sehnsucht und voller Herzlichkeit. Oh heiles Alpenland! – Nach jedem Lied brandete tosender Applaus über das Tal hinweg. Dazu ertönten Tausende und Abertausende von «Toni»-Rufen:

«To-ni, To-ni, To-ni, To-ni, To-ni …», skandierten die Zuschauer lauthals und klatschten dazu im typischen Alpenlandmusikrhythmus in die Hände.

Zu guter Letzt bedankte sich Toni auf der Bühne für die enorme Begeisterung, die ihm entgegengebracht wurde. Er verneigte sich immer wieder. Dann verkündete er feierlich:

«Meine lieben heimatlichen Freunde, speziell für euch nun eine Premiere, die Erstaufführung eines Liedes, das auf der nächsten CD der Leadtitel sein wird. Den Text habe ich selber geschrieben, die Musik haben mein verehrter John Bühler und ich zusammen komponiert. Das Lied wurde noch an keinem Konzert gesungen; ich habe es speziell für den heutigen Anlass – die letzte Station auf einer langen, anstrengenden Tournee – aufgespart.»

Erneut setzten die Zuschauer zu einem stürmischen Applaus an. Als dieser zögerlich verebbte, begann Toni mit sanfter, heller Stimme zu singen:

Die Geissen all vergnügt am Grasen
Traurig schlief ich unterm Baum
Erschien das Vroni mir im Traum
Mein Herz begann wie wild zu rasen
Hat meinen Kummer weggeblasen

Vroooni hollderiii, dujuholldera

In die Welt hinaus ging ich dann
In mir die Stimme einer Fee
Die mir leise zurief: Toni seh
Du findest Vroni, glaub daran
Irgendwo und irgendwann

Vroooni hollderiii, dujuholldera

Da traf ich dich, welch schöner Tag
Unsere Herzen voller Glück
Wuchs unsere Liebe Stück für Stück
So sagt' ich dir, dass ich dich mag
Als ich in deinen Armen lag

Vroooni hollderiii, dujuholldera

Singend und vor allen Leuten
Bitt ich dich, werd' meine Frau
Ohne dich der Alltag grau
Sollst nur du mir Glück bedeuten
Lass für uns die Glocken läuten

Vroooni hollderiii, dujuholldera

Während Toni dieses wunderschöne Lied mit voller, heller Stimme ins Tal hinaussang, schritt er – in der rechten Hand das Mikrofon, in der linken eine rote Rose haltend – von der Bühne hinunter und langsam auf Vroni zu. Die letzten Reime des Liedes sang Toni vor Vroni kniend. Kaum hatte er fertig gesungen, versanken die beiden in inniger Umarmung. Beide begannen vor lauter Freude und Verzückung haltlos zu schluchzen.

Dazu tobte ein ungeheuerlicher, ohrenbetäubender Beifall. Das ganze Tal schien zu bersten. Die Konzertbesucher klatschten wie wild in die Hände, jubelten und vollführten Freudentänze. Sich nicht bekannte Menschen fielen einander in die Arme. Kein Auge blieb trocken. Alle freuten sie sich über das Glück von Vroni und Toni, ihrem Alpentoni Superstar.

Im Westen sank die Sonne am Horizont in eine Schlucht hinunter.

***

In kleinem Rahmen wurde eine gediegene, gemütliche Hochzeit gefeiert. Getraut wurde in der Kapelle Maiengrün. Von dort liess sich die glückliche Gesellschaft mit Pferdekutschen nach Wohlen kutschieren, wo sie in zwei noble Stretchlimousinen umstiegen. Danach fuhr die kleine Gesellschaft zu Meiers Speiserestaurant, wo man zusammen ein köstliches Hochzeitsmahl schmauste. Zu Tisch anwesend waren nur Vater und Mutter Imwald, Tonis Geschwister, Vronis Eltern Willi und Blanka Hegnauer und ihr Bruder Richard, dazu John Bühler von der Maloja-Oberalp Ltd. Alpenlandmusikproduktions-GmbH mit seinem Freund Dani und dem herzigen Yorkshire Terrier Sissi sowie selbstverständlich der dicke Meier als Verkuppler und Hauptverantwortlicher für das Zusammenfinden von Vroni und Toni.

Es war ein herrlicher Tag, für alle.

**

Als zwei Jahre später das prunkvolle Hotel «Palace Alpentoni» fertig gestellt war und in voller Wunderpracht erstrahlte, versprach Toni bei der pompösen Einweihung den versammelten Gästen, dass er fortan mit den Auftritten im gesamten Gebirgsgebiet eine Spur kürzer treten wolle, um sich voll dem Wohle seiner Hotelgäste widmen zu können.

Zusammen mit seiner lieben Gattin Vroni führte er das «Alpentoni» zu beachtlichem Ansehen.

Es dürften ungefähr fünfzehn Jahre ins Tal gegangen sein, als Toni mit der im Betrieb arbeitenden Kellnerin Sändi ein überaus leidenschaftliches, unzüchtiges Verhältnis zu pflegen begann und mit ihr ein ausserereheliches Kind zeugte.

Unabhängig von dieser leidigen Affäre keimte zur selben Zeit in Vroni der Wunsch nach uneingeschränkter Unabhängigkeit und Selbstverwirklichung auf, der in Verbindung mit den Vorwechseljahren oft aufkam. Schon seit einiger Zeit traf sie sich heimlich mit der Pfarrersköchin Luzia, um mit derselben tüchtig zu schmusen. Auch Luzia hatte längst genug von Hochwürden und sehnte sich nach einem neuen, freien Leben.

Vroni und Luzia beschlossen, zusammen nach Bern zu ziehen. Dort eröffneten sie eine Bar für alleinerziehende Lesben.

**

156

Auch Tonis Geschwister waren erwachsen geworden, und es gab nach und nach Hochzeiten zu feiern. Alle Brüder bis auf Kaspar heirateten. Ihm, dem Jüngsten, war es einfach zu eng im Gebirge. Kaspar zog es in die grosse, weite Welt hinaus. Er wurde Schiffskapitän. Das Letzte, das man von ihm hörte, war, dass er Eigentümer eines riesigen Kreuzfahrtschiffes der obersten Luxusklasse sei und damit in der Karibik jahraus, jahrein mit Protzen aus Amerika von Insel zu Insel hüpfe. Gelegentlich schickte er seinen Eltern auch Ansichtskarten. Sie kamen von den Bermudas, den Bahamas, von Grenada, von Jamaica oder St. Lucia und wie die Inseln alle heissen.

Zita, Tonis einzige Schwester, erlebte eine unsägliche Enttäuschung in der Liebe. Sie war überglücklich verliebt in Oskar Inderbitzin, einen professionellen Velorennfahrer aus dem Nachbardorf. Voller Zukunftsfreude wurde die Hochzeit geplant. Am Tag der Feier warteten jedoch alle vergebens auf Oskar. Der feine Herr und vermeintlich zukünftige Ehemann von Zita erschien nicht zur Trauung. Es wurde herumgeboten, Oskar habe sich in die Fremdenlegion abgesetzt. Andere wiederum sagten, Oskar habe in Hamburg bei einem Überseefrachter angeheuert und sei nach Costa Rica ausgewandert; dort habe er sich als erfolgreicher Velomechaniker betätigt.

Zita litt so sehr unter der Schmach, dass sie an schwerer Auszehrung erkrankte. Mit knapp fünfundzwanzig trat sie in ein Kloster ein, um sich fortan ausschliesslich mit fleissigem Beten zu beschäftigen.

Mit den Eheschliessungen kamen drei Schwiegertöchter und Unfrieden in die Familie. Vielfach wurden die Frauen systematisch durch ihre Männer aufgehetzt, und so regierten in der Sippe bald einmal heftige Streitereien. Es herrschte ein himmeltrauriges Klima voller Neid, Missgunst und anderen unschönen Gehässigkeiten.

Als Vater Imwald eines Tages meinte, er habe jetzt genug gearbeitet und sich auch aus Altersgründen aus der inzwischen zu einem mittleren Betrieb angewachsenen Gebirgsziegenkäserei zurückzog, entbrannte unter den in Gerschthütten gebliebenen Nachkommen ein widerlicher Kampf um die Käserei. Geldgier und böser Wille regierten.

Es waren vor allem die eingeheirateten Frauen, die sich durch exzessive Boshaftigkeiten und üble Keifereien auszeichneten. Die Ehemänner entpuppten sich als bare Pantoffelhelden. Wenn es ums Streiten ging, schickten sie ihre Frauen los, nicht ohne diese vorher noch gehörig angestachelt zu haben. Zu Aussprachen unter Anwesenheit der ganzen Familie kam es nie. Dafür wurde umso mehr hintenherum gegiftet. Es wurde gelogen und heftig intrigiert, und so kam es zum totalen Zerwürfnis der einst so glücklichen Familie.

Toni hielt sich bei der ganzen Sache zurück. Er hatte mit der Scheidung, aber auch mit Sändi und dem unehelichen Kind weiss Gott schon genug Probleme um die Ohren.

«Macht das unter euch aus», sagte er.

Gerade jene, die sonntags in der Kirche am lautesten beteten und lauthals sangen und sich beim lieben Gott auf heuchlerische, frömmlerische Art einzuschmeicheln versuchten, waren auch im Streit die Aktivsten. Sie zeigten sich als wahre Meister und Meisterinnen im Intrigieren und im hysterischen Streuen böswilliger Unterstellungen. Nicht ehrliche Auseinandersetzung war gefragt, sondern lautere Boshaftigkeit, Gift und Galle, schön verborgen hinter aufgesetzten Engelsgesichtern.

War das die von Toni in seinen Liedern so herzergreifend besungene heile Alpenwelt?

Es herrschte eine ekelerregende Atmosphäre. Schlussendlich wurde die einst so idyllische Gebirgsziegenkäserei an einen Grosskonzern verschachert. Einer der Brüder, der bei den Keifereien mit seiner Frau zusammen sehr aktiv Boshaftigkeiten gestreut hatte, soll dabei vom korrupten Immobilienagenten mit hintenherum bezahlten Provisionen bedient worden sein.

Mutter Imwald starb an Kummer. Ihr Andenken an die gute Zeit war kaputtgemacht, zertrampelt und zerstört worden. Vater Imwald verfiel darauf in noch tiefere Depressionen. Er erhängte sich im elterlichen Schlafzimmer an einem Dachbalken.

Auf dem Tisch lag ein Zettel. Darauf stand geschrieben:

«Der Blitz soll euch alle auf der Scheisse treffen. Danach sollt ihr in der Hölle auf glühenden Kohlen braten.»

09

Edeltraut, die lustige Wirtin

Seit einigen Wochen servierte im Restaurant «Zum Ausblick» im abgelegenen Dorf Oberhütten im Krachentobel hinten die attraktive Edeltraud Speis und Trank. Sie hatte sich auf ein Inserat in der *Wirtspost* gemeldet:

«Per sofort oder nach Vereinbarung gesucht von ledigem Wirt arbeitswillige Serviceangestellte in Gebirgsdorf»

Wirt Babtiste Amhanser war beim Vorstellungsgespräch hell begeistert vom Anblick der aparten Edeltraut. Seine schmutzige Fantasie kam heftig ins Rotieren. So wurden sie sich über die Anstellungsbedingungen denn auch ohne langes Lamentieren einig.

Das Glück sei ihm heute aber enorm wohl gesinnt, glaubte er, sich innerlich die Hände reibend. Voll befangen von den berauschenden Reizen, die Edeltraut virtuos auszuspielen verstand, war Babtiste in Gedanken schon am Geifern.

Bereits am selben Abend servierte Edeltraut den drei üblichen Stammgästen die Getränke zum Besäufnis. Die Saufköpfe füllten sich in der Gebirgskneipe «Zum Ausblick» ohne Ausnahme Abend für Abend mit Bier, Schnäpsen und anderen alkoholischen Getränken ihre Lampen, bis sie mächtig Licht in der Hütte hatten. Es galt nur eine Devise, und die lautete klipp und klar:

«Egal, was wir trinken, auf jeden Fall alkoholisch muss es sein, und nach Hause gegangen wird frühestens nach der Polizeistunde, niemals eine Minute früher, strikte; und zwar besoffen!»

Edeltraut war überaus gewandt im Kokettieren und

schalmeierte flirtend um die drei Gäste und den am gleichen Tisch sitzenden Wirt herum.

Es wurde nicht viel gesprochen, weniger als sonst. Dafür wurde jede Bewegung von Edeltraut genau beobachtet. Sie gafften meist mit starrem, beinahe abwesendem Blick auf ihr Objekt der Begierde. Dabei kamen die vier so sehr in eine innerliche Aufregung, dass ihnen der Schweiss nur so aus den Poren saftete. Edeltraut war sich ihrer Wirkung auf die Clique voll bewusst. Sie schien es gar zu geniessen.

In Windeseile verbreitete sich im Dorf die frohe Kunde von der neuen, überaus attraktiven und freizügigen Kellnerin im einzigen Wirtshaus von Oberhütten.

Es dauerte nur eine, zwei Wochen, da war das Wirtshaus jeden Tag bis auf den letzten Platz gerammelt voll. Nahezu alle Männer des Dorfes sassen zusammengedrängt an den Tischen und kippten Unmengen von Alkohol in sich hinein.

Geredet wurde wenig bis nichts. Eine zusammenhängende Konversation kam nicht in Gang. Alle starrten auf Edeltraut. Mit den Augen verfolgten sie jeden ihrer Schritte. Gebannt, ja beinahe regungslos verharrten die meist verheirateten Männer den ganzen Abend hinter ihren Gläsern und gafften lüstern. Ihre Handlungen waren präzise aufs Reinschütten und Nachschubbestellen beschränkt:

«Edeltraut, kannst mir noch ein Flasche Bier bringen und einen Enzian dazu.»

«Edeltraut, noch einen Zweier Roten.»

In den Köpfen der Horde aber rotierte ihre beschränkte Fantasie in schmuddelig ordinären Wunschträumen. In der Gaststube war die Luft bisweilen so dick und stickig, dass es darin Schweinen hätte übel werden können. Ein Gemisch von unappetitlichen Gerüchen nach Schweiss, ungewaschenen Leibern, Zigaretten- und Zigarrenrauch sowie Schnaps und Bier hatte sich, schwer und träge, im Raum festgenistet.

Edeltraut genoss die gierigen, vielsagenden Blicke sichtlich. Sie verteilte da ein Lächeln, dort ein anzügliches Wort, zeigte beim Servieren gerne ihr weit ausgeschnittenes Dekolleté und genierte sich nicht, die Herren auch zu betatschen, um damit deren selbstgefälligen Fantasien noch anzuheizen. Die will etwas von mir, kreiste es in ihren Köpfen.

Es verkehrte zwar schon bald das Gerücht, Edeltraut treibe es mit dem Wirt wie eine geile Sau. Aber trotzdem meinten alle die geifernden Böcke und jeder für sich völlig davon überzeugt, Edeltraut sei eigentlich allein in ihn vernarrt, und das vermutlich nicht zu knapp. Sie darauf anzusprechen, wagten sich die Geiferer aber nicht.

Babtiste Amhanser, der Wirt, scheffelte in der Folge Geld wie Heu. Jeden Abend machte er mit glänzenden Augen Kassensturz.

Nach ein, zwei, drei Monaten fragten sich seine Gäste und Dorfkameraden allerdings, ob wohl der Babtiste wegen des vielen Geldzählens krank geworden sei oder ob da vielmehr ungezügelte Unzucht mit der Kellnerin Edeltraut dahinter stecken möge. Denn Amhanser wurde von Tag zu Tag zusehends dünner und vermagerte letztendlich zu einem klappernden, nur noch von runzeligen Hautfalten getragenem Knochengerüst. Und siehe da! Eines schönen Abends schepperte er, aus heiterem Himmel zwar, aber eigentlich nicht ganz überraschend, zu Boden. – Mausetot lag er da.

Noch am Tag zuvor hatte der Wirt beim Notar im Tale drunten sein Hab und Gut, das gesamte Vermögen inklusive die Wirtshausliegenschaft, vorbehaltlos und uneingeschränkt testamentarisch beglaubigt zu Edeltrauts Gunsten überschrieben. Edeltraut hatte ihm dies zur Bedingung gemacht, als Babtiste kurze Zeit zuvor mit wirren Begründungen um ihre Hand angehalten hatte:

«Klar heirate ich dich, Babtiste. Aber zuerst wird deine Hinterlassenschaft zu meinen Gunsten geregelt.»

Ja, die Hinterlassenschaft von Babtiste Amhanser war somit für Edeltraut hervorragend geregelt worden. Ohne dass sie den knauserigen Wirt zu heiraten brauchte, kam sie sprichwörtlich über Nacht zum kompletten, vom krankhaft geizigen Amhanser über Jahre hinweg gierig zusammengerafften und angehäuften Vermögen. In salopper Manier wurde sie uneingeschränkte Alleinherrscherin im Wirtshaus «Zum grandiosen Ausblick».

Als man des Wirtes leibliche Überbleibsel in einem Sarg die Grube hinuntersenkte und die Holzkiste dabei kurz, aber heftig an der Grubenwand anschlug, hörte man die Knochen klappern. – Und plötzlich, der bare Schrecken fuhr der um das Grab versammelten Trauergemeinde in die Knie, ertönte ein Grauen erregender, langgezogener, fürchterlicher Schrei aus einem der kleinen, gebogenen, über dem Glockenstuhl angebrachten Kirchturmfenster. Zugleich wehte trotz hitzigem Sommerwetter ein eiskalter Windstoss über den Friedhof.

Die Anwesenden glaubten, aus dem Schrei herausgehört zu haben:

«Verdammt sollst du sein in alle Ewigkeit, du dreckiger Bastard und Sohn einer Hure!»

Nur bei Edeltraut – an vorderster Front stehend – zeigte sich für einen kurzen Moment ein hämisches, überlegenes Grinsen um die Mundwinkel sowie in den verkniffenen Augen zwei Blitzen gleich ein gelbes Aufflackern.

Aber kaum war das Begräbnis vorbei, sprach in Oberhütten niemand mehr von dieser unerklärlichen Erscheinung.

Gerade so, als ob man sich ungeheuer fürchtete, darüber zu reden, wurde sie quasi totgeschwiegen.

Das Leben ging weiter. Noch vor Amhansers Ableben hatte Edeltraut begonnen, sich auch mit andern Oberhüttener Männern unzüchtig zu betätigen.

Die Kneipe war weiterhin jeden Tag zum Bersten voll. Buchstäblich war Abend für Abend die Hölle los. Edeltraut machte jedem schöne Augen, trieb es mit jedem und bei jeder sich bietenden Gelegenheit und vereinnahmte die Oberhüttener bis zur vollständigen Hörigkeit.

Es kam tagsüber sehr selten vor, dass sich ein vom Wanderweg abgekommener Wanderer oder ein anderer Auswärtiger ungewollt in ihr Wirtshaus verirrte, um seinen Durst zu löschen. Diese Gäste bediente Edeltraut zwar sehr freundlich, aber auch ausgesprochen zurückhaltend. Da war nichts mit irgendwelcher Anmache.

Schon bald aber litten alle Mannsbilder im Dorf – einer nach dem andern – unter fortschreitender Auszehrung und Vermagerung. Und nicht nur die Männer! Nein, allmählich wurden auch aus den ansonsten durchwegs schwer übergewichtigen, fetten Oberhüttenerinnen erst schlanke, dann ranke und schlussendlich dürre, in Unmengen von Hautfalten gepackte Knochengerüste. Ebenso erging es den Kindern. Sogar der Herr Pfarrer wurde immer dünner. Ihm soll es Edeltraut jeweils tagsüber im Beichtstuhl tüchtig besorgt haben.

So lautete auf jeden Fall eines der vielen schmutzigen Gerüchte, die unter den aufgescheuchten Frauen des Dorfes kursierten. Diese sahen dem haltlosen Wirtshaustreiben ihrer Männer natürlich giftig und voller Arglist zu und dachten, sich die Hände reibend: Wartet nur ab, ihr Hurenböcke, an der nächsten Fasnacht werden wir es euch heimzahlen.

Fünfzig Wochen im Jahr machten die Oberhüttener Frauen nämlich auf scheinheilig und frömmlerisch, gaben sich überaus demütig und gottesfürchtig, um sich an dem mehr als vierzehn Tage dauernden Fasnachtsrummel tage- und nächtelang zu besaufen, haltlos die Sau rauszulassen und zu geradezu unersättlichen, zügellosen Flittchen zu mutieren.

An den momentanen Geschehnissen änderte sich aber vorderhand rein gar nichts. In immer kürzeren Abständen musste wieder ein Ausgemergelter oder eine Verdorrte zu Grabe getragen werden.

Männer, Frauen und Kinder verstarben zum Teil in blühendem Alter. Allesamt verabschiedeten sie sich völlig ausgedorrt und mit von überschüssiger Haut zusammengehaltenen klappernden Knochen, aus heiterem Himmel und ohne Kommentar.

Wenn sie unvermittelt auf den Boden fielen, erzeugten die Hautfalten ein kurzes «Mpff», darauf folgte das Geschepper der Knochen.

Bei jedem Begräbnis war das Herunterlassen des Sarges begleitet vom immer gleichtönenden Horrorschrei aus dem Glockenstuhl und einem eisigen Windzug, der über den Friedhof fegte. Auch vermehrtes fleissiges Segnen und tagelanges heuchlerisches, gottesfürchtiges Beten im Kapellengemäuer half nichts.

Ein in Oberhütten wohnender, selber von der Auszehrung betroffener Bauer, der nebenamtlich Magnetopath und Handaufleger war, versuchte krampfhaft mit Auspendeln herauszufinden, was da vor sich ging. Er klappte zusammen, bevor er zu einem befriedigenden Resultat gekommen war.

Als sich bei einem Begräbnis mal ein Oberhüttener im Glockenstuhl droben auf die Lauer legte, um hinter das

Geheimnis der gespenstischen Erscheinung zu kommen, fanden ihn seine Saufkumpanen nach der Beerdigung auf dem steinigen Gehweg. Verrenkt und mit gebrochenem Genick lag er unter dem Turm, heruntergestürzt. – Gestossen oder von alleine? Niemand wusste die Antwort.

Der liebe Gott hielt sich bewusst aus dier Geschichte heraus, wenn er sich nicht schon vor längerer Zeit aus diesem Dorf verabschiedet hatte.

Im Tal unten begann man angeregt über die absonderlich rätselhaften, gerüchteweise kursierenden Vorkommnisse zu palavern. Wenn es aber um die merkwürdigen Geschehnisse bei den weltfremden Oberhüttener ging, äusserten sich die Leute im Tal ausnahmslos spöttisch und abschätzig:

«Die in Oberhütten droben im Krachen hinten kennt man ja. Die bekommen jetzt ganz einfach die Quittung für die Jahrzehnte, ja Jahrhunderte lang betriebene Inzucht.»

«Genau, die sind ja alle kreuz und quer in verschiedenen Strängen mehrfach eng verwandt miteinander.»

Niemand aber hatte auch nur die geringste Lust, einmal hochzugehen, um sich selber ein genaues Bild der tatsächlichen Ereignisse zu machen. So gross war das Interesse an der Geschichte nicht. Zumal man in Oberhütten Fremden gegenüber äusserst abweisend gegenübertrat. Fremd? Fremd waren in Oberhütten alle, die nicht im eigenen Gemeindebann geboren worden waren.

In Oberhütten ging das Sterben unvermittelt weiter. Aus der geplanten fasnächtlichen Vergeltungsaktion der Oberhüttener Frauen wurde nichts. Innert kurzer Zeit waren da immer weniger Männer, immer weniger Frauen und bald auch beinahe keine Kinder mehr. Von der fortschreitenden Auszehrung völlig saft- und kraftlos geworden, waren die letzten noch Lebenden nicht mehr im Stande,

Gräber für die Verstorbenen zu graben. Es dürften zu diesem Zeitpunkt nicht mehr ganz ein Dutzend ausgedorrte Menschen, genau genommen Knochen mit Haut, übriggeblieben sein.

Auf die kirchlichen Begräbnisse wurde nach dem kurz zuvor erfolgten Ableben von Hochwürden eh verzichtet. Sie liessen deshalb die Toten einfach dort liegen, wo dieselben ihr Leben aushauchend zusammengeschepppert waren. Wenn jemand irgendwo im Wege lag, räumten sie den Leichnam, soweit es sein musste, auf die Seite.

Allein Edeltraut blühte nach wie vor in voller, vitaler Lebenskraft und stellte immer noch ihre Rundungen kokett zur Schau. Als sie geradezu euphorisch beglückt feststellte, dass wohl bald einmal auch die letzten noch verbliebenen Einwohnerinnen und Einwohner von Oberhütten das Zeitliche segnen würden, packte sie ein paar wenige Sachen zusammen und machte sich den Berg hoch marschierend auf und davon.

Bevor sie aus dem Dorfe schritt, steckte sie noch das Wirtshaus «Zum grandiosen Ausblick» in Brand. Sie sah eine Weile dem mächtig lodernden Feuer zu und sprach laut zu sich:

«Das habt ihr verdammten Dreckschweine für das, was ihr meiner Mutter angetan habt. Elend verflucht sollt ihr sein. Auf immer und ewig!»

Als sie auf der Anhöhe über dem Dorf angelangt war, machte sie Halt, setzte sich auf einen Fundamentsockel der Hochspannungsleitung und blickte voller Befriedigung sowie wohltuender Genugtuung auf das Kaff hinunter:

«So, liebste Mutter, das Verbrechen und die Schande, die man dir angetan hat, sind gesühnt.»

Darauf schritt sie Richtung Gebirge davon. Im Westen sank die Sonne am Horizont in eine Schlucht hinunter. Nie mehr hörte man etwas von Edeltraut. Niemand sah sie noch einmal in jenem Gebiet. Von den Eingeborenen im Tal unten wurde die Region um Oberhütten sowieso strikte gemieden. Sie sagten, das sei der Vorhof zur Hölle.

Ein paar Jahre später war Oberhütten nur noch ein Sauhaufen zerfallener Hütten, in der Mitte die Brandruine. Da und dort lag ein Skelett herum.

Fünfundzwanzig Jahre davor ...

Heidi war ein bemitleidenswertes Geschöpf, geistig etwas zurückgeblieben und verstossen. Sie war in ihren Jugendjahren von Heim zu Heim geschoben worden. Gerade eben erst erwachsen geworden, kam Heidi auf Empfehlung ihres amtlichen Vormundes nach Oberhütten, wo sie im Restaurant «Zum grandiosen Ausblick» dem alten Wirt Balz Amhanser als billige Haushalt- und Servierhilfe dienen musste. Der Vormund rieb sich ob dem mit zwölf Flaschen Wein gefüllten Karton, den er vom Wirt dafür geschmiert erhalten hatte, die schmutzigen Hände.

Die Frau des Wirtes war ein halbes Jahr davor verstorben. Amhanser war gewöhnlich mit einem meist schmuddeligen Unterhemd und mit von Hosenträgern gehaltenen, braunen Manchesterhosen gekleidet. Er hatte einen Sohn, der sich mehr schlecht als recht um den kleinen, zum Wirtshaus gehörenden, landwirtschaftlichen Betrieb kümmerte und Babtiste hiess.

Heidi war ein Findelkind, das seinerzeit vermutlich kurz nach der Geburt als noch kleines, hilfloses Ding in einer mit Gebirgsheu gepolsterten Bananenschachtel bei einem Wegkreuz ausgesetzt worden war.

Es wurde gemunkelt, Heidi sei das Erzeugnis von zwei Brüdern und deren Schwester, die, vielfach besinnungslos besoffen, ungeniert und völlig enthemmt auf dem Heuboden ihre Triebe ausgelebt haben sollen.

Andere wiederum verbreiteten das Gerücht, Heidi sei ein uneheliches Kind, das ein frommer Seelsorger mit seiner frommen Haushälterin gezeugt habe.

Wie das so ist, wenn die tatsächliche Wahrheit nicht klipp und klar auf dem Tisch liegt, werden von klatschgeilen Leuten gerne und eben aus purer Sensationslüsternheit, ja Boshaftigkeit, irgendwelche Geschichten erfunden und Mutmassungen in Reinkultur herumgetratscht. Bereits am Tag darauf gelten diese meist schamlosen Mären als die volle, wahrlich wahrhaftige Wahrheit.

«Es könnte ja sein. Ich will zwar nichts gesagt haben, aber es könnte sein», schwafeln sie sich die Lügengeschichten zur Unterstützung ihres Wunschdenkens immer wieder vor. Was genug oft wiederholt wird, wird bald einmal Wahrheit. Auf diese Weise kann man auch gut vom Saudreck vor der eigenen Türe ablenken.

Balz, der Wirt, war geldgierig und knauserig wie ein alter Raffzahn. Ihm war Heidis Geschichte völlig egal. Heidi kam somit gerade recht. Er sagte sich:

«Wer dumm und blöd ist, schreit nicht nach Lohn. Die soll froh sein, wenn sie jeden Tag Resten zu fressen kriegt.»

Heidi verrichtete fleissig und ohne Widerrede ihre Arbeit. Sie zeigte nach aussen keine Gefühle, auch nicht irgendwelche Regungen und wirkte bisweilen, als ob sie ein Roboter wäre. Nur spät in der Nacht, wenn sie sich müde von sechzehn Stunden Arbeit ins verrottete Bett gelegt hatte, weinte sie still vor sich hin. In diesen Momenten kam sich Heidi unbeschreiblich einsam vor.

Es geschah an einem Montagabend. Heidi sass, wie immer um diese Zeit verschupft vor sich hin sinnierend, in der

Gaststube neben dem Ausschankbüffet auf einem kleinen Hocker. Es waren keine Gäste anwesend. Die Luft roch nach abgestandenem Rauch und etwas Schweiss. Am Stammtisch hockte allein Amhanser und las in einer alten Zeitung. Es war gegen neun Uhr, als alle fünf Gemeinderäte von Oberhütten lärmend in die Gaststube traten. Die Herren wollten sich den Durst löschen, so wie das nach Abschluss der allwöchentlich am Montag stattfindenden Ratssitzung üblich war.

Heidi brachte auf einem Tablett die bestellten Bierhumpen und eine vom berechnenden Wirt offerierte Schnapsrunde an den Tisch. Schnell war alles den Hals hinuntergeschüttet. Die Herren kommandierten noch eine Runde, und noch eine, und noch eine. Man konnte getrost den Eindruck bekommen, dass die wöchentlichen Sitzungen nur abgehalten wurden, um sich danach tüchtig besaufen zu können.

Die bald einmal völlig besoffene Horde von allesamt verheirateten Männern, die sich tagsüber als ehrbare Herren feiern liessen, kam lauthals ins Grölen und Lallen. In degoutierender Art frotzelten sie ordinär daher. Als Heidi eine weitere Runde an den Tisch brachte, klemmte ihr der ihr am Nächsten sitzende Vizepräsident der Gemeinde in den Hintern und sabberte:

«Dich sollte man mal so richtig durchvögeln. Das hättest du sicher gerne. Du kleines, ausgekochtes Luder, du.»

Um seinen Ratskollegen zu beweisen und um zu unterstreichen, was für ein schneidiger Kerl er doch sei, griff er Heidi noch grob unter den Rock, um geifernd ein widerliches «Chächächächä» von sich zu geben.

Heidi erstarrte und war unfähig, sich zu bewegen. Die Bande von total alkoholisierten Gemeinderatskollegen johlte und wertete Heidis Regungslosigkeit als Zustimmung. Der Gemeindepräsident August – der Inhaber eines kleinen Tiefbauunternehmens, mit dem er seit Jahren die Gemeindekasse plünderte – glaubte noch eins draufsetzen zu müssen und lallte:

«Genau, so richtig durchvögeln sollte man dich einmal, so richtig durchvögeln!»

In jener Nacht wurde Heidi hinter verschlossener Tür vom versammelten Gemeinderat von Oberhütten wie auch noch von Amhanser selber mehrmals vergewaltigt.

Heidis Seele weinte bitterlich sieben Tage und sieben Nächte. Am achten Tag packte sie ihr kleines Bündel und verliess heimlich das Dorf.

Sie begab sich zuerst auf eine Anhöhe, setzte sich dort auf einen Fundamentsockel einer Hochspannungsleitung und blickte mit leeren Augen ins Kaff hinunter. Sie verfluchte den ganzen Sauhaufen, der da unten vor ihr lag:

«Bei Gott, ich schwöre euch, ihr verdammten Söhne von Huren, ich schwöre euch, elendiglich verrecken sollt ihr, mitsamt euren heuchlerischen Weibern sollt ihr die Hölle kennenlernen!»

Heidi wurde in Oberhütten nie mehr gesehen.

Sie wanderte ziellos über das weite Gebirge in einen andern Landesteil. Nach vier Tagen stand sie vor einem behäbigen Bauernhaus mit einem prächtigen Blumengarten.

Die im Garten arbeitende Bäuerin begrüsste sie freundlich:

«Guten Tag! Wohin des Weges?»

«Ich weiss es nicht, ich habe Durst», antwortete Heidi illusionslos und müde.

Die Bäuerin fühlte sofort, dass die junge Frau in Nöten war.

«Komm, ich habe frisch gepressten Apfelsaft.»

Ein Wort gab das andere. Zu guter Letzt kamen sie überein, dass Heidi eigentlich ganz gut zum Hof passen würde. Denn Arbeit gab es genug, im Dachstock hatte es auch noch freie Kammern. Und wenn am Tisch ein Mensch mehr den Hunger stillte, war das bei den üppigen Portionen, die aufgetischt wurden, nicht von Belang.

Heidi wurde von der ganzen Bauersfamilie sehr herzlich aufgenommen. Sie half willig bei allen anfallenden Arbeiten rund um Haus und Hof mit. Schon nach kurzer Zeit übergaben ihr die Bauersleute die selbständige Betreuung einer beachtlichen Hühnerschar in einem grossen Freilaufgehege. Heidi war verantwortlich für die Fütterung und die Sauberhaltung von Gehege und Stall. Sie sammelte auch die Eier ein, machte sie für den Verkauf bereit und führte gewissenhaft die Eierbuchhaltung.

Heidi durfte gar mit der Familie am gleichen Tisch essen. Zum ersten Mal in ihrem Leben spürte sie Achtung und Anerkennung.

Von den primitiven, verbrecherischen, gemeinderätlichen Rüpeleien schwanger geworden, sprach Heidi Tag für Tag abends vor dem Einschlafen beschwörend zu dem in ihrem Bauch werdenden Kind:

«Du sollst die ganze Drecksbrut, das ganze Dorf Oberhütten zugrunde richten, ausrotten, liquidieren sollst du sie, alle zusammen.»

Jeden Tag liess sie seelentief ihre Schmach, ihren Schmerz, der sich in bodenlosen Hass gewandelt hatte, in sich und somit in ihre Leibesfrucht hineinfressen.

Neun Monate nach der gemeinderätlichen Schweinerei gebar Heidi ein gesundes Mädchen. Für die Bauersfamilie war es ein Freudentag. Zum Dessert gab es an diesem Tag Meringue so gross wie Männerfäuste.

Drei Wochen danach erschien Heidi nicht wie gewohnt zum Morgenessen. Die Bauersfrau ging leicht beunruhigt

in der Kammer nachschauen. Dort fand sie allein das kleine
Mädchen in der Wiege liegend. Daneben auf dem Tisch ein
Zettel, auf dem geschrieben stand:

«Ich möchte, dass mein Kind auf den Namen Edeltraut
getauft wird. Lebt wohl und vielen, vielen herzlichen Dank
für alles!»

Heidi fand man zwei Tage darauf. Tot, zerschmettert. Sie
hatte sich, das traurige Leben hinter sich lassend, von einer
Felswand hinuntergestürzt.